小众书坊 Poetic Books

中国好诗

心上没有诗，就像地上没有花朵。

第六季

《万古烧》· 张执浩 著
《编织蓝色星球的大海》· 邱华栋 著
《世界的每一个早晨》· 谷禾 著
《濒临》· 龚学敏 著
《山河边关记》· 丁戎耕 著
《不惑的绳结》· 张常美 著
《封龙获鹿》· 孟醒石 著
《开门见山》· 慕白 著
《一个声音离开了合唱团》· 臧海英 著
《雪旅》· 张烨 著

第五季

《山顶》· 李琦 著
《大地上万物皆有信使》· 刘立云 著
《深情可以续命》· 潘洗尘 著
《大鱼》· 徐南鹏 著
《今生荒寒》· 殷龙龙 著
《镜中白马》· 梁尔源 著
《爆破音》· 胡茗茗 著
《逆风歌》· 张远伦 著
《余音》· 灯灯 著
《不能的风》· 余幼幼 著

第四季

《事到如今》· 张新泉 著
《入林记》· 张二棍 著
《落在海里的雪》· 王小妮 著
《群峰无序》· 大解 著
《数一数沙吧》· 沈苇 著
《镜中》· 舒丹丹 著
《自然主义者的庄园》· 阎安 著
《我不想大张旗鼓地进入你的生命之中》· 巫昂 著
《一株麦子的幸福》· 罗振亚 著
《我本孤傲之人》· 江一郎 著

第三季

《妥协之歌》· 李南 著
《用小号把冬天全身吹亮》· 梁晓明 著
《空楼梯》· 胡弦 著
《自己的心经》· 叶舟 著
《锦瑟》· 何向阳 著
《隔空对火》· 荣荣 著
《我们的暴雨星辰》· 姜念光 著
《浅妄书》· 蓝野 著
《微甜》· 白庆国 著
《大师的葬礼》· 严彬 著

第二季

《让我背负你的忧郁》· 郑玲 著
《响器》· 马新朝 著
《半张脸》· 商震 著
《个人简历》· 娜夜 著
《挑滑车》· 轩辕轼轲 著
《徒步穿越半个城市》· 邰筐 著
《向命要诗》· 沈浩波 著
《栖真之地》· 桑子 著
《无数灯火选中的夜》· 冯娜 著
《数星星的人》· 玉珍 著

第一季

《山中信札》· 路也 著
《为何生命苍凉如水》· 刘年 著
《女巫师》· 宇向 著
《山冈诗稿》· 王单单 著
《悬崖上的沉默》· 雷平阳 著
《去人间》· 汤养宗 著
《无端泪涌》· 陈超 著
《必要的天使》· 臧棣 著
《白云铭》· 江非 著
《我们来谈谈合适的火苗》· 杜绿绿 著

中国好诗

第六季

雪旅

张烨 著

天津出版传媒集团
百花文艺出版社

张烨，上海大学教授、中国作协会员。1985年参加诗刊社举办的第五届全国青春诗会。已出版六部个人诗集一部散文集。诗集《鬼男》由爱尔兰脚印出版社翻译出版，被誉为“现代版但丁”。部分作品译介成八国语言，入选三百余部诗选及多种文学性辞典。

微妙的瞬间蓦地亮起

——关于张烨的诗

◎ 霍俊明

2020年夏初，张烨最新诗集《雪旅》的打印稿我已经读了数遍。而对于像张烨这样的写作时间已经长达五十五年的诗人来说，也许我们这些读者该保持足够的安静甚至沉默，因为对于张烨早已经“如诗所是”，她的作品已然具备了自足的诗歌空间，而这并不需要任何额外的阐释。

1.

我亲爱的朋友，灵魂的朋友，常来
常来梦中坐坐

这是陈超先生去世后张烨在湿冷的上海写下的

诗句。

每次见到张烨我总是会想起那个逝去的年代，想到已经远行的陈超老师。1992 年 11 月，在石家庄的大雪中，陈超在赠送给张烨的《中国探索诗鉴赏辞典》的扉页上抄录了写给张烨的一首诗：“敬爱的牧神，以及本地的 / 一切神灵，请保佑我具有 / 内在灵魂的美，保佑我 / 内外和谐，表里如一。让 / 我相信智慧即是富足 / 让我拥有对于生活节制者 / 是恰如其分的财富。”

1999 年 3 月，陈超的儿子陈扬检查出糖尿病，3 月 17 日开始住院，4 月 22 日才出院。一个多月的时间陈超一直奔波于从家、学校到医院的路上。张烨得知陈扬的病情后还专门从上海买药寄给陈超。对此陈超一直感念。这年夏天，陈扬的病情慢慢稳定住了，“病得到控制，是张烨的开光菩萨保佑了。我心态平和，孩子一天天进步，不像我企望的那么好，也不像我担忧的那么糟。我决定只教他认字，算术不学了。能认字就好”（陈超日记，1999 年 8 月 20 日）。

2015 年 3 月 6 日中午，我与上海的张烨联系陈超的资料，她在电话中止不住地哭泣。此前我和张烨在一次诗歌活动中见过。在一辆大巴车上我和张烨坐在一排，她靠窗。她谈起患有阿尔茨海默病的老母亲，谈起陈超的抑郁症。张烨说在自己的精神低迷时期是陈超给予了她在人生和诗歌上很多的鼓励。陈超离世后，张烨追忆曾经无比真切的“灵魂的朋友”以及恍惚莫名的往日时光：

> 我知道你为人宽厚 / 这更叫我悔泪长流 / 融进冰雪呼喊你 / 站在火焰摇醒你 / 唯一的慰藉，生长在无垠的疼痛—— / 上帝终究要收回遗落人间的星 / 是的，一切都已过去。但 / 当我仰望夜空的时候 / 一切又都回来了 / 对着夜空默祷，而我 / 要做的是：以诗为粮、为灯、为火焰 / 我亲爱的朋友，灵魂的朋友，常来 / 常来梦中坐坐。
>
> ——《亲爱的朋友，常来梦中坐坐——怀念陈超》

2.

张烨生于上海，三岁时来到浙江奉化乡下的祖父母家，这一待就是七年。“小时候我寄养在乡下祖父母家，有天傍晚独自下山回家时，猛抬头看到密匝匝一天空鱼鳞云，朝我压下来似的，要知道整个旷野只有我一个人，我竟然恐惧得一边哭一边奔回家。”

那是“低垂着湿重的翅膀”的童年开始在血液中流淌“那朵忧郁的花”！

20 世纪 80 年代中期曾掀起以伊蕾、翟永明、张烨等为代表的女性诗歌热潮。她们将个体境遇、女性经验以及主体意识呈现在这一时期的诗歌写作中，挑战了沿袭已久的男权话语中心论，带来了特异的文学景观。张烨在 1986 年出版了第一部个人诗集《诗人之恋》（花城出版社）。尤其长诗《鬼男》无论是在精神视界还是在写法上都具有超时代的精神共时体特征。

而张烨的诗歌写作历史还要继续前移二十年，她的第一首诗是完成于 1965 年 8 月的《给安娜·卡列尼娜》。一个人的诗歌起点或精神词源非常关键，它像是一个人在黄昏时刻最初找到的光源——不可替代的精神发光体，以至于在此后的岁月里诗人总要时时回顾到最初的这一重要时刻。张烨也不断回到她在浙江的童年记忆，不断复述 1965 年那个炎热的夏天："那是在一个酷热的夏日，在上海郊区的田野上，一棵山楂树下。我正入迷地读着俄国伟大作家托尔斯泰的名著《安娜·卡列尼娜》。正当我读到安娜卧轨自杀的那段时，一列火车从田野上轰鸣而过。当时我感到一种强烈的冲动，写出了我的第一首诗。"（张烨：《诗的自白》）

安娜！
你看，泪水蒙住了我的双眼……
当真诚被虚伪碾成齑粉，
风暴扑灭你爱情的火焰。

你无声的抗议是火车的轰鸣!
你惨白的微笑预示着一个社会的崩溃……

只有一个人知道
我为何再不愿去踩一条铁轨;
只有一个人理解
我为何用憎恨的目光去刺穿火车的轮盘。
在铁轨的冰凉里我总能看到
一双美丽热情的眼睛在闪熠……

这是生命意识的觉醒以及悲剧心理的诞生。与此同时，这也是女性命运的同感以及时间的闪电、阵雨带来的轻轻颤抖的发着低烧的诗行。

从此，诗歌之门被打开……

张烨被诗情的阵风所席卷和激荡着，在1965年她接连写下了《牵牛花》《追求》《秋千》《蒲公英》等诗。这也是从苦痛和焦虑中淬炼和冷凝出来的诗句，诗歌从而类似于“是水，是火，是糖和盐 / 是苦难面前的慈悲”（《父亲的流水，母亲的火》）。这与张烨的童年经验以及早年家庭环境有一定关联。

时间的精敏感受、深切的生命诗意以及人性观照能力使得张烨成为那一罕见思想和人性冰冻期的诗歌盗火者，所以陈超在《中国探索诗鉴赏辞典》（1989）中将张烨放在“朦胧诗诗群”中，讨论和解析了《老处女》《雨后》《外白渡桥》《静物》等四首诗。

我曾见过张烨在1966年的一张黑白照片，那时她已经高中毕业。阳光透过窗户打在她的白色衣裙上，她尽管此时因病待业家中但是仍满怀青春愿景地拉着小提琴。

张烨是女诗人中少有的具有突出写作长诗能力的，无论是早期的叙事长诗《鬼男》还是后来的《与陌生男子的谈话》《白鹤南翔传奇》以及“中华创世神话”系列的《巫山瑶姬》《伯鲧悲歌》《大禹治水》，诗人都通过明确的结构意识、精神视域带给我们整体的生命意志、文化势能以及蔓延开来的想象力。

3.

在张烨的作品中，我总是感受到时时涌起的轻微的颤栗和持续的低唤，犹如午夜的石子投入湖中，这需要更为精敏的耳朵和精神能见度。

这既是生命的感知也是诗性的经验，它们总是在幽微而短暂照彻的精神闪电之下带来区别于日常景观的精神可能，“仿佛一生中某一个微妙的瞬间蓦地亮起”（《火车奔驰》）。

在经验和超验、感受和智性的平衡中，张烨总是把诗歌一次次还原为精神真实和词语事实。诗歌既是精神内视也是情志打开之后的辐射。张烨的诗歌触丝打开了日常窗户的一角而又延伸到外部世界以及更为深邃的精神宇宙之中，比如她的那些自我冥想的诗、往日经验回溯和叩访的诗、行旅诗以及文化和生命双重视野下的史诗（主要体现于一些长诗），“是诗人对自身世界与外在生存世界思考的深度以及情感的独特表现”（张烨：《诗是一种命运》）。

张烨的诗歌既是具体的来自经验、童年记忆、生命意识以及家族环境，同时又与隐喻和象征化的时代氛围、存在境遇以及普世性意义上的人类经验共鸣——

我会用花瓣占卜
时世艰难，天空一片惶惑
命运泥泞得灿烂
该诞生的黑魆魆突然消失
不该诞生的却　耸立得妖艳

——《茉莉花》

这是压低嗓门的焦灼与惊叹！

我注意到张烨的这些精神共时体空间有一部分是内化于精神自我的“梦屋”，比如房间（门、窗），张烨这里出现了“火花在小紫屋闪烁”（《父亲的流水，母亲的火》）、“屋外雷电交响”（《音乐》）、“夜晚裹在雪做的房子里”（《下雪了》）、“有人替你悄悄开门你仿佛未曾觉察”（《往事》）、“茫视窗外”（《最后的青春》）、“被暖气装置燠热的屋子”（《雪旅》）……

这是或温热或清冷的精神透析时刻，但并不是弗吉尼亚·伍尔夫在《一间自己的房间》中所说的“身体仿佛收缩在神奇的玻璃柜中，没有声音可以穿透，头脑与事实失去了一切联系”的精神自闭。这是经验和超验对自我精神肖像的重审或一次次塑型，我想到的是伊丽莎白·毕肖普的大海边的“渔屋”——“渔屋，有着陡峭的尖屋顶 / 上了楔子的狭窄跳板 / 斜着架上山墙间的贮存室 / 好让独轮车推上推下。/ 一切都是银色的：沉甸甸的海面”（《在渔屋》，包慧怡译）。

质言之，张烨的诗有忧郁、冷凝的成分，但大多沉静而有力，甚至也有一些诗是熔岩般爆裂、迸发和喷溅出来的——尤其是她早期的《沉默》《撒旦之歌》《心中的天空》等诗作。

她从来都不是阁楼中那位消瘦的忧郁的自怨自艾的人，虽然有时是苦痛中的自我压榨，但总是在个人性和现代性之间搭建了一个精神探测器和语言的坐标。

张烨的诗歌从精神色彩来说更类似于黑夜中的蓝色宝石，闪着微微的精神之光而不至于自蚀和自噬。她总是在一个切近而又恍惚的精神共时体空间中予以盘诘或辨认——

轰响的一瞬 / 珊瑚色的水妖从海底冒起 //
月亮轻盈走来从一道突然开启的 / 天门 / 朝大
海莞尔一笑如柔美的女护士 / 伸出湿滑的手臂 /
给大海服一帖镇静剂 // 一切归入病床的宁静

——《音乐》

这是一个个微妙的瞬间蓦地亮起的时刻。

这是一次久候的或垂直降临的精神的时刻，生命的时刻，诗的时刻！

2020 年 5 月 10 日母亲节改定

目录

第一辑　日常之什

第二辑　上海之什

第三辑　行旅之什

第四辑　中华创世神话之什

第一辑

日常之什

001

—

060

父亲的流水，母亲的火

雪旅

自从你的诗情画意
被油盐酱醋抹得咸　涩　酸　苦
而失去抚慰的情绪
又被炉灶的火点旺，妈妈
你的爱情就变成了沉默的怒火

有时候，火花在小紫屋闪烁
父亲烫热的前额就会像雷雨后的
黄草坪。铺满露珠

当初你俩怎会走在一起
真个没懂水火不相容的常识吗
我的童年低垂着湿重的翅膀

和解吧和解吧和解吧，要不
干脆分离——不要为我考虑
午夜，我无声地怒吼

化为飞虫——向灯泡猛撞过去
可就在这灼伤的一刹那
我理解了你的全部痛苦

疏忽——一直在跟随我们
并掷下一张残忍的病卡

冷冷地告诉你，告诉我

父亲慵倦的面庞，不能像
太阳那样为我们倾泻抚爱的缘故
你的火瞬间变成了水
但晚了，妈妈
父亲的水永远永远地流逝了

心与心隔着距离
恋爱，暂时缩短了距离，抑或
两颗心相遇瞬间碰撞
婚姻对爱情是一种颠覆、消解
爱非完美，爱是缺陷，爱是神秘
既不为人拥有
又不与人离异

因为遇见，所以惜缘
因为懂得，所以悲悯
因为理解，所以包容、宽容、谅宥
愿天下有情人终成眷属
总不如
生死契阔
执子之手，与子偕老

父亲，母亲，我对你们的思念
是水，是火，是糖和盐
是苦难面前的慈悲

夜过一座城市

雪旅

火车的呼啸传到你这里已成为微风
微风轻轻走过不触动周围什么
但花草已经认出，涌起颤栗、低唤
今夜，我也是一阵微风

音乐

大海
一把扯碎
脖颈上的项链
发疯似的从窒息的蓝屋奔出

屋外雷电交响
海水浸没地球惊恐的头颅
轰响的一瞬
珊瑚色的水妖从海底冒出

月亮轻盈走来从一道突然开启的
天门
朝大海莞尔一笑如柔美的女护士
伸出润滑的手臂
给大海服一帖镇静剂

一切归入病床的宁静

下雪了

下雪了
住在我灵魂深处的雪
飞出来了
青苔上加雪，雪上加雪
伸手可触及我喜欢的绵白

神抖抖的树叶，盛开的花
总让我莫名忧伤
如今这光秃秃的枝丫
反倒让我心安
唯有冬天，唯有雪，能使我镇静
没有消息就是最好的消息
我看见冰层封冻下的绿意

步履轻松如雪花翩舞
看看天空，看看桥上都在做减法
空气带着雪的味道沙沙拂面

夜晚裹在雪做的房子里读读朋友的诗集
回想起一些愉悦的往事

往事

隐藏在小雨中她的眼睛
泛动在春雾里她的绿裙
那个气质忧郁的女人
越来越消瘦
消瘦得能够轻柔地走过你的眼皮
你竭力推开她，使劲睁开睡眼
但印在你唇上的弯弯的红月亮
你怎能抹去

走下楼梯
有人替你悄悄开门你仿佛未曾觉察
走了几步，你站定
若有所思地回首
恍惚见到她在对你微笑
微笑着把门悄悄关闭

求乞的女孩，阳光跪在你面前

雪旅

淡黄的长发披散着
宛如玉蜀黍的缨穗遮掩
珍珠般的脸盘
为着小小的愿望
你低垂着稚嫩的脖颈
默默地跪在阳光下
你是否觉得阳光也跪在你面前
就像树跪在落叶的苦难面前

不能像受伤的狮子……

不能像受伤的狮子
凶猛暴跳
不能像风暴肆虐下的大海
站成水的山峰
不能像窗玻璃潸潸泪流
因为雨的缘故

即便灵魂飞升，沿着教堂塔尖
仍有沉重的钟声胁迫你下沉
忍受是一种看不见的牺牲

静物

雪旅

黯蓝色的背景

桌布连同盘子都是黯蓝的

橘子

仿佛是情绪悒郁的大海
在回忆
　　　一叶橙色的帆，一轮
　　　漾着初恋微笑的日出

冷暗的逆境里，燃起的一片
明亮而饱满的思想

夏夜

这样的时刻是沁凉的宁谧
思绪是颤动在绿岫里的泉
纤细又轻盈
绿雾笼罩我
　　　　　我独自静坐

紫星星漂泊在水池
童年的灯摇曳
苔藓站在山石上
芭蕉叶舒展着漫长的往昔
　　　　　青蛙在荷叶上凝视我

蟋蟀最后一支夏日的歌
是否就要带走我的青春了
怎么会有这种感觉呢
怪怪的向谁诉说

不知不觉地
　　　　　午夜
像一个疲惫的游子
　　　　　　　远远走来
一头睡倒在我潮湿的脚尖

火山

百年孤独
如同四大皆空的高僧
静候涅槃

也许只有神灵知道
自由的渴望
火焰的烈性
对尘世意味着什么
封口
牢牢地锁着

一年年，一天天
时时刻刻，分分秒秒
收敛太阳的热能
不是在绝望中寂灭
就是在绝望中爆发

火车奔驰

火车奔驰在闷热天空下的绿原
整个下午我都在梦境的朦胧中度过
像一只鸟儿在摇晃的树梢沉沉睡去
仿佛是突变猝然惊扰宁静
又仿佛一生中某一个微妙的瞬间蓦地亮起
我重新感受到最强烈的激动和欢愉

火车又驰过某一个站
就像流失了好几个年代
我再也记不起一个个站以及辽远的梦
眼前出现的仅仅是闪电与雷鸣
那突然把我震醒的闪电与雷鸣

一首关于死亡的诗

雪旅

父亲
我怎敢看你眼中那一片
行将退去的海潮
那一轮月亮
那一轮微光茕茕的月亮

整个宇宙只有你和我吗
我在太阳里
你在太阳外
两手攫住太阳边缘
身子悬荡在浩瀚空间
我拼命将你往太阳里拽
害怕我俩有一个
突然松手

海面平静如无声之哭
海潮永远不会激动着来了
只有细微而迂缓一声唏嘘
在海天交界之处
亮起一道永恒的安详

我所有的泪
都追随那片海潮去了

茉莉花

堕入水与光的罗网
你波光粼粼胸怀
销魂荡魄
语言夏得热烈
轰轰烈烈地渗入，吮着
吮着缓缓涌来的浪潮
从水底打捞起一串串苦涩
绽成雪的清香

我会用花瓣占卜
时世艰难，天空一片惶惑
命运泥泞得灿烂
该诞生的黑魆魆突然消失
不该诞生的　却耸立得妖艳
船似乎永远难以划近
山脉是火热的血液
大海是焦虑的眼球
不，不必心急
结局还未形成

你可体验到一种娇柔的分量?
将灵魂和目光一齐斟出

在毁灭的渴望中爬向一丛干燥
残枝败叶，噬痛彻骨
片片撕碎的蝶翼在火中优哉游哉
焚，焚，用恨，用爱，杀死自己
在世纪的砒霜灌溉之前
在被你的光芒刺伤之前
风谢了，雨谢了，夏季谢了
别在胸前的妩媚枯黄成一弯记忆
扇往日芬芳
冰成白炽谶语

亲爱的朋友，常来梦中坐坐

——怀念陈超

我记得你曾给我捎来恩雅的歌
你说，飘荡在星空的嗓音，真美
我叫道，不敢听
《鬼男》都敢写，不敢听恩雅？
别打哈哈，要引起重视、警觉，医学为证
你的血型隐藏着一种倾向，你有数的
你说，那你常来电话、信，让友情
安慰，开在我血液里那朵忧郁的花
好呀，好的，我应答认真
——但是，我没有

我在北京开会。你说，回沪前，顺便
来我家小住，全家人都欢迎你来
——但是，我没有
我还说不出口，我有个阿尔茨海默病的妈妈
我急于回家

你寄来好多书给我
一书一世界，常来信，交流阅读感悟
好呀，好的，我说得诚恳
——但是，我没有

如果我知道第一次彻夜长谈是最后一次
我一定将这个夜分成无数个
如果我知道，（正如你所言）仿佛已将一生的话
都在那个夜晚说完
我一定让语言变成一支牙膏
——但是，我没有，我做不到

你不会将我从好友的名单删除
不会的，我知道你为人宽厚
这更教我悔泪长流
融进冰雪呼喊你
站在火焰摇醒你
唯一的慰藉，生长在无限的疼痛——
上帝终究要收回遗落人间的星
是的，一切都已过去。但
当我仰望夜空的时候
一切又都回来了
对着夜空默祷，而我
要做的是：以诗为粮、为灯、为火焰
我亲爱的朋友，灵魂的朋友[①]，常来
常来梦中坐坐

---

① 灵魂的朋友，是陈超赠送张烨的著作《中国探索诗鉴赏辞典》扉页上的称呼。

凝视

我微笑着走向你
你的凝视是幸福
然而，幸福也使人担忧
我害怕会有一阵风雨袭来

我觉得自己是樱桃是蜜橘
喝着你的目光
我醉了
醉得甜甜蜜蜜，光彩四溢

我坚定地走向你
你的凝视是静穆而崇高的激情
像一座幽深的大山
你沉默的呼唤
注定了我一生的登攀

既然爱的凝视来自心灵
我就要步着你的目光
一直走进你的心灵
勇敢地去占有
并通过你的眼睛向所有人宣布
你的凝视只属于一个人

别

雪旅

在雨的喧哗中
我听到了你的心跳
不，不要说了

雨水
顺着我的脸颊流淌

你曾说
这是幸福的源泉
我尝了，果真甘美，那时
我俩就握手在一个多雨的季节

你攀缘着折一枝银桂
而我的花开在地上

眼前
这一条小河嬉戏着冷雨奔得多欢
远处
依旧是石堤，垂柳，白雾
依旧是茜红的桥头
但我俩已不再微笑地相视

我应当感激你
你使我不再单纯
我的心灵装满了复杂的美丽
我也学会了避雨

何必再为我撑着伞呢

梦

喝醉了酒我摇摇晃晃入睡了
在一座哥特式大教堂
我无意中看见上帝吩咐他的侍从
将自由藏进一个玫瑰色宝箱
接着
又被搬进他随行的旅车

顿时我的心中
萌发起一个念头
去问上帝要，不然
做小偷！当强盗！
做一次血色的冒险！这样的机会
一生中再难逢着

寂

这里静得能听见蚂蚁的细语
阳光在水面轻柔的摩擦

无题

雪旅

你的面孔突然浮现在小提琴上
我猛地收弓
整个天空回响着你的歌声

我想你时你自夤夜而来
从不需要我去惊动静土荒草
我写诗时你的形象
便在我的笔上直立起来
你说，写呀，写一个真实的故事
只是别道出我的名字
多么熟稔的幽默呀
十年前你好像也这么说过
我为你点燃一支烟你笑了，说
早戒了，不愿像黑夜那样
用手指掐灭太阳血红的烟蒂

总觉得你为我撑着伞在雨天
乘车时总以为你已为我买了票

“——再见！”
每逢外出
总对渐渐后退的月台或码头
轻轻呼唤着你的名字

丑石

在紫雾缥缈的天堂，
有一群叛逆天使。
有一天
他们用愤怒点燃天火——
焚毁了独裁者宙斯宝座。

身子受魔法咒语扭曲、变形……
在黑烟中下沉——
他们被贬谪人世。从此，
天上少了星星，
地上多了石头。
丑陋内部神圣的美丽——
不为人知。

驰往珠河的火车

雪旅

这是八月二日凌晨的火车
在日军机枪胁迫下
驰往珠河　刑场
一九三六　一九三六　一九三六
赵一曼　赵一曼　赵一曼
火车呜咽的节奏，合着隆隆声

虚弱的身体
马鞭抽打钢针猛刺　烙铁
烙伤的身体久久斜倚在第一行文字
与字，与爱，共呼吸
此刻，轰鸣声就是《红旗歌》① 的旋律
写信给儿子，就是
写信给祖国的未来
写信给所有爱你和你爱的人

黑云倾城
三十一柱华年腾起火焰
血的火焰，钢铁的火焰　燃烧

---

① 赵一曼临刑曾高唱《红旗歌》

为尊严、正义、自由
为受难同胞，不再，血流成河
以头颅，以热血，以万众一心
把侵略者从亲爱的国土　赶出去

在明天
或者下一个年代下一个世纪
人们在新建的城市和村庄
笑谈阳光
漫步　鲜花芬芳

信笺，翅翼扑棱，拥鸽子入怀
与火车的轰响
与《红旗歌》旋律，紧紧贴近
向死而生

永远的诗画

雪旅

你走了，静悄悄的
不惊动台北夏日疲惫的劳作
满园的葡萄　甜紫欲滴
芬芳，在体内溢香
在身上缠绕

一个真诚的诗人画家
以一枝笔蘸着心血　耗完一生
滤尽浮尘的混乱　繁杂
恐怖与肮脏
天地间弥漫起你的乡愁
一世界腊梅冷香[①]

现在，你走了，静悄悄的
葡萄园的芬芳
在体内溢香
在身上缠绕
你向自己的源头走去

---

① 中国台湾诗人、画家王禄松生前曾寄赠作者一个镜框，装有一幅他画的《雪中梅花图》，题识将作者喻为坚贞傲雪的梅花，甚为感动。

生命还在前面

多年后，多年，多年后
人们依旧会说
这是王禄松留下的
永远的诗画

母亲的手

雪旅

那时候
这两枝雪白的百合花
不知有多柔美
宛如从月亮里摇曳而来
将我的眼睛照亮

你搀扶我迈出了第一步
我向前走去，道路变幻着色彩
当我回首遥望
乳汁般芳香的花枝在风中颤动
颤动着惊喜、担忧和希望

无数个风暴之夜
我都瑟缩在没有遮蔽的荒凉地带

百合花从月亮里飘落，像一把伞
神奇地在我头顶簌簌抖开
硕大无朋的花瓣

夜空就像一架黑色的复印机
我永远忘不了
那一道道诡谲的青色电光
如何残忍地将一幅幅风暴，复印在
两朵慈爱的百合花上

献给女性的诗篇

我要寻找和你一样的花
一样芬芳品质的花
我从厚雪的荆棘中走来，带着花
仔细听，含笑的花瓣
回荡着隆冬的沧桑
花瓣触及我体内的弦
灵魂深处响彻　崇高的音乐
连我的面庞，都会
焕发出婴儿般圣洁的光芒
这花是冬天的爱人
春天的母亲
捧着花就像握着你的手
温暖而明媚
火热且有力
亲吻这最香最香的花魂吧
给你一捧腊梅香

我要寻找和你一样的珍珠
一样纯净品质的珍珠
我来到凶猛的大海
凝望肆虐的风暴　沙尘
多想抚慰一只只受了内伤的蚌

默默咀嚼岁月的严酷
独自承担看不见的苦难
在磨砺中点燃尊严
在黑暗里孕育光明
伤痕坚强了信念
梦想撑起一生
用艰辛的一生创造生命的奇迹
贴着一颗珍珠
就是感受人生的真谛
每一个好女人都是珍珠
串起来就是
一段段奋进的时光
一件件感人的世事
一轮反抗黑暗的圆月
一个只有光明的世界
戴上这最美最美的心愿吧
给你一棒腊梅香
给你一串珍珠缘
你智慧
智慧能使人平静地看待世界
你善良
善良是困难中去搀扶更弱的同伴
你是自由和平的天使
你更有一方补天的意愿
你的胸怀激荡着女娲的心跳
上下五千年

五千年带血的历史
塑成女性的精魂
照亮今天，照亮未来的历史
永恒地辉煌在我的诗篇
亲爱的姐妹　柔软又坚强的姐妹
所有的姐妹
我爱你们

给你一棒腊梅香
给你一串珍珠缘

使命

——致一位碑林创建人

雪旅

对于你石头是一种召唤
弯下身，手指轻轻抚摩
感觉到石头的血脉像树根
扎进深土，有力地跳动
寂静的一瞬
生命与石头相融
在贫瘠的土地漫成一片恢宏的碑林
这寂静是惊雷，是闪电

生活给予你的一切你都给了石头
家产、人力、阳光、欢乐
只剩下疾病与清贫
你的任何一个行动都走向石头的辉煌

没有时间能够毁灭精神
没有风雨能够抹掉融进石头的爱

水晶郁金香

把你透明的今天
别在我胸前　芳菲
漫过黑毛衣浸润内心
带点忧郁氤氲的香味　融合我
与你　与天空　与大地
站在时间之外

高于我的生日
你擎着一炬晶亮的火焰
呼我小名
远远奔来　那个年代的小精灵
脸颊绯红，满头大汗
两个童年携手互望
　一个远景般模糊
　一个昨日般近晰

从什么时候起读懂了
郁金香的品格
一枝挺拔的躯茎属于一朵花
一个希望，一个信念
一生忠于一个挚爱
当整个世界插遍，旁枝花簇

谁拥有这支　水晶恋歌
谁就拥有恒美境界

　多少热望因你燃烧
　隔着一道时光的河
我能否牢牢锁住甜蜜的今天呢
真想枕着纯净的恋歌
永不醒来

把你莫测的未来
别在胸前　幻美
让我陷下去　陷下去
从深处，向你伸出手来
或者合掌，为你祈祷
在无限的寂寞中　爱你

沿着开拓者的光芒

沿着开拓者的光芒我走进西藏
寻找哈达飘舞中的孔繁森
寻找青稞酒中　风雪中的孔繁森，寻找
阿里，世界屋脊的屋脊，之上的孔繁森
（我一生都无法抵达的崇高）

你引领藏民们爬上海拔 5000 米山顶
采集水样。掬一把雪水，你说
“快尝尝，上等的矿泉水，高原没有污染
等我们开发出来了，让外国人花美元来买！”
欢笑洒落下来，绽放西藏的未来

沿着开拓者的光芒我走进你的家
年迈的母亲　体弱多病的妻子和三个孩子
家是倦鸟归巢　温暖你，恬静你
曲尼　曲印和贡桑，你收养的地震孤儿
六株缺失养料的向日葵萦绕你　疼痛你
你悄悄捋袖，用血液浇灌

沿着开拓者的光芒，我无法走遍
你走遍一百多个偏僻的乡村　贫困
如雪连着雪，静谧而裸露

送药　送粮　春风轻抹融雪的泪行
交谈中你饱尝忧患
感恩声中你万箭穿胸
灵魂没染上宗教的神秘，却回应广博的慈航
“一定要让老百姓过上好日子，一定。”
开拓者将自己连同种子播撒

姐妹坡

你是否像我一样记着那首歌
孩提时长满双叶草的山坡
还在你眼中绿着吗
被春光明媚了的少女，携着手
攀登的步履何等轻松，何等欢愉

生活用希望哺育我们
希望使你受孕
烦忧却像暴雨扫射
在人生的坡道上
我不相信那双强有力的手
会抚爱着搀扶你、掩护你，尽管
你腹中的生命与那双手意味着
一种血缘，意味着坚定的维系

我记着那首歌
我本该扶掖抑或背你走
（像孩提时一样，姐姐心疼妹妹）
只是我的理智让热情结冰
我有必要让那双手明白其责任
既然彼此都不愿，彻彻底底

换我，早就以闪电为界
劈开两个黑暗

姐妹，绚丽的山坡彩虹般消逝了
姐妹艰辛的山坡将从无限绵亘无限
暴雨扫射，暴雨扫射
湿透了的我们摸不着流血的伤口
大口喘气，痛痛快快哭，笑
起伏的曲线因而更清晰
更美，更富于魅力

我在熙熙攘攘的人流里行走

我在熙熙攘攘的人流里行走
刚踏上百货大楼石阶
莫名地站定
我突然想念你，莫名地想念

此刻你在哪里
如果你也同时去另一家百货大楼
你是否也会这样突如其来地
突如其来地想我?

斑斕时刻

雪旅

海浪将巨大的红钟撞响
就像秋歌洒落在梦中的盛夏
在海水淹覆落日的　斑斓时刻
浩瀚繁复的音乐
从天空的窗口倾出

往昔已经流逝
正在进行的是消失
　　　　　未来又若何？
最彻底的孤独不再是孤独
惊扰了的梦不再是梦
心驰神往地走进黑夜
如同游子回归故乡

宣砚轶事

八月九月天气凉，酒徒词客满高堂。
笺麻素绢排数厢，宣州石砚墨色光。
——李白

走进动漫成为一个传说
在唐代你已名满天下
大诗人李白都吟诵你
万物皆有灵性
你爱恋一支窈窕幽香的徽墨
徽墨却恋上帅气挺拔的湖笔
湖笔喜欢风流才俊书画家

这类纠缠现代人看得轻松有趣
如同游戏无所谓痛苦
现代人不相信爱情

一磨一碾泪满眶
有一天你突然神秘消失
历经千年轮回
至 2012 年重现人间
以逼人的英气与品质
记否前世？依旧执念？

世上只有灵魂之爱配得上永恒
宣砚永恒

守望可可西里

——纪念杰桑·索南达杰

一九九四年一月十八日
可可西里上空黯云压雪
风儿紧张得凝住脚步
枪声震惊巍巍昆仑
一颗冰泪从云间滑落

青藏高原像母亲张开温暖怀抱
疼痛　撕喊　绝望如同雪崩飞滚
"杰桑·索南达杰！好儿子，醒醒——"
零下四十度，持枪不倒的冰雕
截获的两千余张藏铃羊皮
诉说着盗猎者，贪欲与杀戮
雪花围绕凝血的冰雕盘旋　像藏铃羊歌唱悲伤

鲜花簇拥　纪念的背后
迟来的忏悔，如何托起纪念的份量
如果英雄生前的十一份报告——
如果能及时增派护卫人员——
无奈　叹息　风萧萧，壮士泪
如果就是没有如果

无数血性儿女追随而来
成为你，成为永恒的守望
逡巡的身影
警觉的目光
天使的笑容铺展辽阔的自由　春阳照耀
可可西里！可可西里！
野生动物快乐的天堂

悼歌之一

雪旅

我相信死神像慈母那样
微笑着把你接走了
她看见这个世界一直在虐待你
你的血液里荆棘丛生
身世被夜色抹得墨黑

不，我相信她不会插入我俩中间
如果她知道我能给你幸福
如果她知道我每夜都在渴盼
你像深情的月光来敲叩我的心扉
（也许你颤栗的指尖曾多次抚摸过门铃
也许你明白我已久待这一声铃响
可你黯然垂下手臂，走进夜色
凄恻的月亮吻着你的眼角像一颗泪珠）

死神怎么可能接走你呢
怎忍心看到我红肿的双眼呢
她明晓得另一个世界冰凉又寂寞
她会心酸的如果她发现
今晚上我将整夜敞开家门
痴待着你的身影突然出现

但你既然选定要走这条路
我的爱就再无法将你唤回

悼歌之二

往日你总是失眠的
今天头一回安睡在馨香的恬静
我默默坐在花丛中凝视你的面容
一点也不敢惊动你

阳光在我耳畔絮絮细语
宛如回忆之声亲切又温存
你不知道，此刻，我多想
与你散散步，谈谈心，多想
多想听到你向我求婚
而风儿将嬉笑着把花瓣抛洒
就像为我俩举行隆重的婚礼

烫热的情感止不住
止不住润湿你的额头、嘴唇、手指
我担心
我如此痛苦
会使你从梦中哭醒

你安详地睡着，我隐隐听见
黑夜月白色的足音远远地来了
你启程的时刻就要来临

这是第一次也是最后一次
让我在你身边悄悄睡一会儿吧
既然我俩命定不能同枕共眠

悼歌之三

没有痛裂心肺的哭喊
只有无声的泪流，从心底
涌袭酸痛的喉头

高贵的心
岂肯逆来顺受
宁可走进阴冷的泥层，长成大树
得到永生。如今
谁也别想教会你懂得自己的身份
谁敢将我们的悲剧当作笑谈呢
我们的爱情已成为死色的庄严
静静躺在雪白的花丛

我将一块题着诗句的手绢
默默叠入你的衣袋，紧贴你的心
刹那间
一丛热泪滚滚的火焰
从你冰凉的躯体升起
潜入我的灵魂

为了你的愿望我将继续活下去
我就是你

安静的海

雪旅

天空在一只巨兽的背上
晾它的蓝抹布

一块小小的抹布遮蔽下的分量
足以让海明威的乞力马扎罗山窒息

最后的青春

灼热的一瞬
我们的生命真是两个灵魂的结合？
你的呼吸顷刻凋零了我肩头的红叶
声音劈下来时，果实带伤呜咽
所有的血液是这一滴
所有的季节是这一季
你不会懂得我的痛惜

茫视窗外，北风掠过赤裸的雪夜
暗示我毅然逃脱
你疲惫入睡，你的声音依旧在黑暗里回荡
声音来自一座封建污浊的宫殿
我走了，我的一切馈赠是灰烬
是被你的海水覆没在深处
死亡的月亮

在南去的列车拥挤的车厢里席地而坐
最后的青春，一段毁灭的时光
不再等什么，也无需别人的理解
人们不会透过我的萎谢探寻根的惨痛
我灵魂的反光是整整一个时代
通过列车迸出带血的呼喊

与陌生男子的谈话（长诗）

雪旅

街景

走在大街上
脚步，回响在月亮
地面的每一分钟，强化我的
贫穷意识。贫穷意识
一种紫色的射灯从幽暗的底部
将灯光向上投射整幢高楼
高楼像巨型的紫玻璃
我又经过巨型的金玻璃、绿玻璃、蓝玻璃
街景透明易碎
我不敢，用手指捅破它
我是囊中空空的局外人，大千世界
一个漂流的诗的符号
街景一天天陌生起来，昂贵起来
硕大无垠，如同思念
我走在大街上
脚步，回响在月亮

一个简朴的小酒吧

我喜欢这里的清静

简朴的艺术氛围
烛光幽幽，瓶内只插一枝玫瑰
没有甜腻的港台流行歌曲
没有多得不能再多的沙哑嗓音
此刻情绪处在最佳状态
我要了一杯雷司令慢慢喝
拉威尔波莱罗旋律牵动那朵玫瑰
将我从小酒吧引向大沙漠的空旷
陡然来临的创作冲动
我摊开纸，开始写《世纪末的玫瑰》

恐怖的黑色音乐

不知什么时候《波莱罗》被撤了
换成了《黑色的星期天》旋律
我仿佛感到坐在角落里的一位男子
在悄悄注视着我，目光阴冷
我难免有些紧张
一位年轻漂亮的女士突然高声喊道
“这音乐，我实在受不了啦！”
她猛地举起酒瓶，砸开自己的脑袋
有人推开桌子，“杀人的音乐！”
火光中一幢幢摩天高楼
冰淇淋似的瘫软下来
男男女女捂着耳逃出酒吧

我依旧恍恍惚惚坐着
黑色的星期天，恐怖的魔咒
无法忍受的刺激与悲伤
如同烈性酒灌进我的心中
我好像觉得两腿断了，淌着血
一个自杀的念头诱惑着我
但音乐很快消失了，一切恢复原状
像重砌的高楼，不着
毁逝痕迹，残酷的表情
再现世纪魅力

我的内心
长久地回荡着世界毁灭的声音
不是惊天动地的巨响
而是玻璃杯轻轻的一声破碎
而是一段低低的流泻着苦难的音乐
哦黑色的星期天音乐
集整个宇宙凄怆的灵魂之声

与陌生男子的谈话

a. 角落里的那位男士正风度翩翩
走来。在我对面默然坐下
顺手拿起《世纪末的玫瑰》
我不作声，心中厌恶他的无礼

“女人有灵魂，有思想
实在不是一件好事情，世界的秩序
要打乱了。”他边读边调侃
我鄙夷地从他手中夺回诗稿

b. “你看你看你，直来直去
这，叫什么来着？扫兴。性感，你不懂？
你缺乏身体意识，吸盘
有着个吸盘不用，蠢
谁愿意炒热你？
所谓文学，生生的葵花籽
要炒一炒才香哪
盖着权威印章，毛茸茸的炒手
家天下，帮派天下，哈哈
够瘾，真够瘾，真他妈的够瘾
怎么样 要不要我替你想想办法？”

c. “你够无耻。但也不无道理
人间有清泉
乌鸦也有白的。再说
我也无所谓，不在乎。”
“那你在乎什么？”
“在乎我的心，我的灵魂。”
“灵魂实在不是一件好东西
实在不是一件好事情啊。”

d. “你想独立?
独立一词是我辈拿来骗人的谎言
藤萝依傍大树，天经地义
就好比小姐傍大款
独立是一块美丽的大石头独立是一种悲剧美
当它成为路障
人们就会毁了她，粉碎她
推沉河底，别想浮出水面。”

e. “宁为玉碎，理想万岁
所谓理想就是在疼痛里不改变意志
为理想而痛苦算不得什么
最怕滑稽的时代
让理想出演滑稽
连空心的稻草人
都能向它泼撒酸雨鸟粪。”

f. “中毒不浅！中毒不浅！”
他开始默不作声。可我听见
他的眼睛发出一声声叹息
叹息化成雄鹰，刺的一声
飞出酒吧的窗口消失在天际
“你真像一个顽固透顶的医生
推着针筒，把理想注入玫瑰
毒了香柔的花瓣。”

“理想有毒？”
“理想是另一种海洛因
开始瘾，最终献身。”

袖内的枪口

无聊。我起身欲走，无聊
“小姐，你一点也不想知道我是谁？”
“你是谁我有在意的必要吗？”
“我只是想帮帮你的忙。”他讪讪地说
“谢谢。可我并不需要你的好意。”
“不，你很痛苦，一直很痛苦
灵魂长满了思想。”
他确有吸引女性的魅力
我开始有点喜欢他
我问：“灵魂是附在头脑还是心里？”
“灵魂无时无刻不在体内游荡，灵魂
是极难击中的，特别像你这样——”
嘿嘿！他极不自然地笑笑
宽大的袖口好像在掩饰什么
我一眼瞥见他袖内的枪口
我惊叫一声，抢起烛台朝他扔去
头也不回地逃出小酒吧

深夜，又一种街景

身后传来追踪的脚步声
在深夜的大街我四处逃窜
狼似的嚎叫，没有一个人来援助我
枪响。子弹从身旁、头顶呼啸而过
我藏匿在一堆废铁后面
那个男人在怒吼：“我原不想要你死
只想射杀你灵魂，你别想躲过我
灵魂射杀了你照旧可以活着
我最难以容忍女人灵魂的高贵、深刻。”
在深夜的大街上，我披头散发
恐惧而沮丧地寻找灵魂的栖息地
感到需要宁静

绿

你的上面是天堂，下面是地狱
我，黑夜里诞生
驰过大海，驰过火山，驰过雪白的羽翼
染一身色彩
我被自己的复杂围困
如同历尽沧桑，抵达净界

你的目光向我渗透
平静了我所有色彩的情绪
人世间再不会有任何名利让我感到痛苦
更不会欣喜若狂
我的一生始终在路上

除了写诗
我曾多么向往音乐
像贝多芬那样完成命运交响曲
我曾多么向往绘画
像梵高那样将生命托付向日葵
托付麦田和太阳
我老了，但我还有时间去完成，只要活着

会有那么一天
你微笑着将这一切翻阅
吟诵、弹奏、久久凝望
而我累了，倒在你的怀抱
你葱翠的手指将我的疲惫
轻轻合上

第二辑

上海之什

061

106

张择端和他的《朱家角雪景图》

一生一画《清明上河图》
一画千年　时矣？运矣？
我，张择端
穿越时空，来到江南
水乡名镇，朱家角
江南的雪
从来不是灾难，是美

多角、多弯、多街
（九条石板老街，恰似汴梁）
多弄、多巷、多桥
（36 座古桥，胜似汴梁）
水上民宅，楼上人家，楼下商铺
酒香、茶香、粽香
空气收尽尘世之香
羽绒服绽放冬日花潮
涌动、涌动、涌动
美食街都浮了起来

独立清幽
静静赏雪的人少
自拍、群拍
走到哪拍到哪的人多

低头玩一种名叫“手机”的人更多
亭子内一对情侣
拥抱亲吻一瞬间
各自掏手机
走进各自的空间
呵呵，多么奇特的景象
据说现代爱情都这样

最爱明代五孔石拱放生桥
前世的你是谁？
会不会是一尾鱼？
是哪一颗慈悲心
给了你生命和自由？
思及，无端泪流
谁在更高处看我？
孤零零
如一粒青豆嵌在厚雪中

任何朝代都有人，沉湎
娱乐、感官和物欲
现代最甚？
感慨，难以理解
没有英雄没有精英的年代？
自古精英，肃杀如雪
我想起古代哲学“内圣”与“良知”
现代人是否该下一场精神大雪？

登临清华阁，逍遥楼顶，一览古镇雪
西自淀山湖，南及佘山，东至三汾荡
北眺西漾淀。磅礴的静
感动你、致远你
历史一样深刻你

天把白云剪碎成雪
雪将人世纯洁成天堂的模样
大雪酿酒
将大千世界酿成一坛醇酒
唤取堂倌儿，拿泸州老窖来
我，张择端，酒酣泼墨如雪
玉精神，风脊梁　《朱家角雪景图》
叠拢于一柄大折扇[①]

---

① 地形上，千年古镇朱家角呈折扇形，镶嵌在湖光山色之中。

外白渡桥

月光潺潺流淌在外白渡桥

“我永远爱你
除非你哪天不再爱我。”

这就是你爱的深度了
我的神情蓦然黯淡，为自己的魅力
不能将你的心儿永久占有
你下半句话不说出该有多好
你下半句话不说出我会感到幸福
幸福有时候是瞬间的满足

但我发觉自己在愈加爱你
由于你的坦率　诚实
由于你音色温存、深沉如桥下的波澜
是的，即便你哪天不爱我
我还是爱你的
不然世上就不存在痛楚的
无望的爱了

这情感我必须深藏
只有岁月才能证实

但我不愿这样的一天降临在
夜深人寂的外白渡桥

你甜柔的眼神漾开了我的微笑
可你不知道，不知道
月光像淡黄微酸的

柠檬汁缓缓流注我心头

车过甜爱路

初春
梧桐枝头跳跃着嫩绿的希望
汽车在清新的柏油路上奔驰
一个声音在车后追赶
呼唤着我的名字

车过甜爱路没有停下

我抓牢摇晃的把手一声也不响
仿佛来时并不明了，我为何
梳理得如此整洁优雅
为何在衬衣的领口，悄悄地
别着一朵清馨的春兰，为什么
一路上胸口悸动脸颊发烫

可这一切
微笑在路边的梧桐
旧时相识的飞鸟都知道

车过甜爱路
没有停下，我一声也不响
心中的天空正在下雨

爱佘山

雪旅

上海的一弯眉峰
爱佘山，是的，无比热爱，故乡的山
在古代文人画里
你出落得倾国倾城
磅礴成一首宇宙大诗
为你频频举杯，说不尽的佘山

你开心地笑了，扬了扬英俊剑眉
引领我去见黄公望、董其昌、倪瓒
二陆、陈继儒、徐霞客，这瞬间
光芒万丈
能走进大师们笔墨的山自有仙气
静听诗书画、泱泱文字的灵魂之声
一个年代一个年代听过来
能不潸然泪下？
把战火、动荡、残酷、血与泪
提炼成宁静的鸟鸣
大隐之竹，幽谷之兰
诗情浸染的山是一座灵山

教堂的钟声永远是悲悯的
捎来抚慰与仁爱

带走悲伤和苦难
钟声里时间是不存在的

天文台更使一座山无比神秘
当夜空放飞一千万枚星星
嗡嗡蜂拥，白银起舞
山顶亮如白昼
你惊诧得屏住呼吸
上帝站立云间
为你加冕

玻璃人

雪旅

我们居住的城市是一个巨型万花筒
晕眩、气闷、依赖空调
我们日夜旋转在光和图案之中
无数陌生人在玻璃幕墙上闪来闪去
电锯声回荡，玻璃尖叫
被一种程序设计、监控、输入电脑
我们都是玻璃人
为易碎的自己，交税
交名目繁多的保险费
我大概属于那种最大的玻璃
总是在新技术面前恐惧、茫然
微博对短信说你落伍了
微信对微博说你也落伍了
而它们一致揶揄我
“你落伍了
你又落伍了……”
唯一的抒情是内心的反讽

被飞旋牵动，我无法安静
无法读曹雪芹的梦
被灯瀑击晕。我无法与嫦娥倾诉
月亮！月亮！冷凝芳香

是谁在月亮诗篇上
烙臭跑鞋、大脚印、浇可口可乐
神话很轻很轻，像我们一样易碎
唯一坚硬的是站着的灵魂
灵魂的幽深

爆竹声在闹市横行霸道
立体声在闹市隆隆翻滚
看不见的暴力，看不见的碎裂
一种躁狂的克隆元素觊觎人类
在最后的道德底线徘徊
城市，气候日渐变暖，没有雪
却有碎片飞舞的雪

凝望远方
　　　　拈花微笑

夜上海

雪旅

一座豪华的现代迷宫
一条宝石洪流穿行在高楼的峡谷
城市的繁荣与你无关
你只是一个局外人
你无法进入仙阁琼楼
变幻中的现代城市是陌生的
为生存奔忙的现代人是陌生的
他，也许就是你所要寻找的人
迎面走来，在这时刻
与你无声相遇
擦肩而过

淞沪抗战纪念馆

蝴蝶款款飞来
弯下腰，亲吻湿地芳香
那么多人涌向这里，眼含泪水
多想张开手臂拥抱
为你们讲述
声音平静得像一片片飘落的叶子

这座高 53.6 米，12 层
现代纪念塔，我们的归宿
历史用如椽巨笔，镌刻
1932“一·二八”
1937“八·一三”
淞沪抗战两大战役
先施公司炸了
大世界炸了
同一天，八百市民，炸了
上海！上海！保卫上海
生生死死、日日夜夜、点点滴滴
一寸山河一寸血

淞沪大地轰响《义勇军进行曲》
我们是汇入旋律
融血的最强音

轰响着姚子青营五百死士的吼声
“人在阵地在！”
“誓与宝山共存亡！”
凄风悲雨，花泣草哀，齐声唱
五百健儿齐殉国
中华何止一田横

数不清的市民后援会
送来两千多名临时培训护士
妇女们连夜赶制衣服和被褥
绷带、纱布、药物、食品
有多少爱就有多少牵挂、心疼
淞沪大地轰响——
近 20 万官兵捐躯的血涛

纪念塔像一根定海神针
耸立在长江入海口
这是我们年轻挺拔的身影
扼守淞沪大地
死亡也无法让我们卸下神圣使命
世事茫昧
倚伏难测
战争并未画上句号
涅槃警觉四面八方
这是我们的墓志铭：
勿忘历史
面向未来

纪念

1919 年 3 月 17 日至 1920 年 12 月，周恩来、邓小平、聂荣臻、向警予、葛健豪、蔡和森、蔡畅等 1600 名热血青年，从上海杨浦的黄浦码头（今秦皇岛路码头）踏上前往法国勤工俭学寻求真理的旅程。

硝烟蔽日
一百年前的那场樱花雨瀑布般砸下来
泪的花、血的花、铁的花

水声浩荡
向前冲击，从不徘徊
先驱的热血合着潮流澴腾

脏兮兮，一群乞丐伸出豁口的碗
衣衫褴褛，命运重压下的码头工人
将自己弯曲成一队移动的驼峰

一个王朝推翻了
遗骸和灰烬中数钱的北洋军阀
抱紧断柱竭力挣扎的独裁

汽笛拉开一条崭新的航路
要把域外的先进和文明引入
不能让人民在末流时代受苦

“再看一眼上海
再抱一下祖国
我们一定学成归来……”

火种的积聚是暖，是唤醒，是熊熊燃烧
为每一个苦难而紧闭的内心
打开一扇通向世界的窗

1600 名个体的命运紧扣祖国的命运
1600 枚火种以巨大的光源
轰响春天

这一天，这一年
站成厚重的丰碑
铸入史册的一页

一座被现代被后世瞻仰的码头
它的岸，它的船，它的河，它的一切
装满了历史的镜像，时间的语言

一旦我的末日来临

——写在 1984 年 5 月 21 日午夜 23 时 39 分
上海强烈地震的时刻

我确有些恐惧
但庄严、冷静一如既往
一旦末日来临，诗，我的情人
原谅我先走
原谅我不能伴你恩恩爱爱到白头

朦胧的面纱——深处是邪恶
我钟爱的大自然最终毁了我
可我
再没有机会向世人
揭示这惨痛的感受。此刻
天空涂满了血红的胭脂
怪笑，如同小丑
门窗在砾响灯影恍惚
马路上人群像将被宰割的羔羊
凄怆又惊惶，等待着
刽子手——牵向屠场
大地像沉船在生存线上挣扎、颠簸

要征服自然！人类的不幸
应燃起你心中复仇的怒火

你若寻我得穿过滚烫的地狱
从渐渐冷却的幽黯里
吻我长满灰烬的嘴唇
并在嘴唇上感受这最后一首诗

地铁情

一

这是一个怎样的话题？
回忆如此亲切，苦涩在谈笑中远去
坦率地向我们的后代倾吐吧
勿须回避曾经黯淡的往昔

于是才有了地铁梦
于是才有了创造现代神话的勇气
于是才有了大上海 17 条地铁自豪磅礴的歌

奋斗的代价从来是昂贵的
将铁切入土地的内部
将光束穿透生命的内部
从巨创的伤口绽开爱的玫瑰

二

大地！把你父亲般创业的意志
给我们，把你积聚亿万年
火山的爆发力，给我们
我们将穿越漫漫长夜

尝遍各种生活，与信仰的高度合并
这是另一种意义的大决战
打开墙，眼前是花园
打开黑暗，光明和我们一起呼吸
陈旧在大迁徙中轰然倒塌
战役的序幕已经拉开

三

永远纪念那些活着的和死去的英雄
以里程碑的名义

从艰险的地下长征凯旋归来
第一次惬意地品尝香茗
长时间与家人亲热交谈
喜悦也会使人心灵生痛？泪湿衣襟？

所有的时代都为自己的英雄自豪
所有的花为美丽而开
伟大往往就是平凡
高贵往往就是普通

四

你是埋藏得多么深刻的爱与光明
从底层抵达人类心灵的峰巅

我们的体内交流着你的血脉
我们的呼吸带着你炽热的金属气息

亲爱的地铁在风驰电掣的一瞬
历史的一页已经翻过
延伸意味着缩短某种距离
圆满的结束就是艰难的开始
上海，上海，引领着你的人民
坐在光荣与梦想的车上
从一个起点通向另一个起点
从一个世纪通向另一个世纪

秋日和诗人帕迪经过外白渡桥

雪旅

外滩真漂亮
形容词们都躲到哪里去了
你边说边按动相机
整个儿洋溢着爱尔兰式的幽默
外滩在流动　喧响
怀旧的黑白
眼前的斑斓
漫上占天为傲的现代建筑群

回想去秋在都柏林认识你的情景
你却突然谈起《外白渡桥》①
你说张烨就是外白渡桥
外白渡桥就是张烨
我使劲想，什么意思？什么意思？

一条长长的驳船蜿蜒而来
你显得兴奋，打手势
英语一丛丛疯长
你蓝色的目光，为什么
掠过无数豪华建筑

---

① 《外白渡桥》是作者的一首诗，写于 1985 年。

定格在那只灰旧的小驳船?

回国前你赠送我一首诗:
“时间锈蚀着钢筋
外白渡桥承受过多少岁月的压力
却依旧这样坚固，典雅
永远是默默奉献
桥下面那只小驳船的载重
快要将疲累躯体漫没波澜
却始终坚执向前
不见起点
也望不到终点
永远是默默奉献
它们使我想起你
生活的种种艰辛：披着风雨
候车，挤车，赶路奔忙
单程两个小时去学校授课
而我不能分担你肩上的压力
就像这首诗不能分担
不能分担外白渡桥的压力”

悲悯会使心境壮阔起来
想象着外白渡桥会和我一样
生长着诗的暖意
帕迪，你的诗

这一本薄薄的《科学》创刊号

雪旅

这一本薄薄的《科学》创刊号
从美利坚，绝尘而来
1915 年 1 月在上海发行
中国百年科学史第一页
探索的一页

康奈尔大学夜火通明
一群中国留学生聚坐研讨
谁也无法预料
一个划时代的壮举
将在青春里诞生

从鸦片战争到火烧圆明园到甲午海战
落后、愚昧，任列强欺凌宰割
丧权辱国，千古遗恨
祖国，祖国，你为何如此积弱
心，剧痛
泪，俱下

没有哪片土地
会使我们这样伤心和激动
没有哪条河流

能让我们久久伫立，心潮起伏
勿忘国耻
我们要用科学救国
为祖国开辟一条科学跑道

《科学》里集储着节衣缩食的每一分钱
《科学》里闪熠着四处奔波的身影
第一次世界大战一触即发
生命燃烧在严酷的时代
揽着祖国，挑灯疾笔，一页页耕耘
彻夜不眠

这一本薄薄的《科学》创刊号
一百年前，第一次以科学的呼声
响彻中国
撼动世界
俯身，能闻到灼热的呼吸
打开，能看到“科学”与“民主”
悬挂在科学史册上
两颗眼泪
求智的精神之光启迪你，照亮你

在历史长河中
他们只是一小段流程
茫茫大雪也曾一度将其掩盖
然而，无论昨天、今天、明天

祖国将永远记住
科学先驱者的名字：任鸿隽、赵元任
杨杏佛、同仁、秉志、胡明复
章元善、过探先、金邦正

他们的名字已化为科学的种子
茁壮成《科学》参天大树
根，紧紧抓牢厚土
扎向更深、更深处

岳阳路 320 号

岳阳路是上海著名的一条科学之路
头脑，风暴一样运转
智慧，花朵一样密集
320 号，科学之路上的标杆
进出大门的科技人员
眼中都衔着牛顿的苹果

这是一幢哥特式建筑
独异、别致，一种理性的沉稳
科学家们无暇欣赏建筑的美
只有阳光、风、雨、雪
轮流在庭院漫步
呼吸科研气息
梧桐树的阔叶将大楼包裹起来
与外界隔绝，暗示行人
嘘，轻点、再轻点

冯德培先生百年诞辰纪念日
人们欢聚在大草坪
为雕像揭幕
雕像的目光冷凝着不倦的热爱
先生的成果
神经肌肉传递机制盛誉国际

邹承鲁、王应睐、曹天钦、谢希德、殷宏章
那么多科学家的身影
被实验室朝夕揽着、霸着
像爱死你的情侣寸步不离

海峡两岸生命科学论坛在此举行
半个世纪前
人工全合成结晶牛胰岛素在此诞生

今天，年轻的科研一代
同样被实验室揽着
生化与细胞所大楼灯火通明
青春们承担着国家重点研发项目
“干细胞及转化研究”
“发育编程及其代谢调节”
用计算的方法揭示生命内幕
以数学语言解读生命奥秘

岳阳路 320 号
扑闪着一双科学梦的眼睛
以震撼人心的力量
召唤祖国的才俊涌向圣地
寂寞一生
奉献一生
甘苦交集的一生

叶落武夷路

十一月告别曲在武夷路上空回响
落叶对树的感恩
落叶对树的留恋
小雪旋着强冷空气进入申城

已经可以宁静地面对一切了
生命的碎片散落在冷时光
铺成地面金黄的底色
再渺小再绵薄也有灵魂的重量

行人小心翼翼
生怕踩痛了美
鸟儿飞过带着审美的姿态
啁啾的钻石一粒粒滴落

对一片枯萎的珍爱
还有哪条路比得上武夷路
人们将落叶串联成一道道阳光
悬挂在家，悬挂在墙，悬挂在马路中央

金燕翩舞，金瀑飞泻，金风热辣辣扑面
一幅落叶手绣

一只含着落叶饰面的咖啡杯
每一片落叶散发着武夷路的气质与温度

更幸运的落叶
被艺术家做成叶雕
一辆马车、沙漠骆驼、一株小小的花
在艺术中得到永恒

多像一个轮回
生命重启
在武夷路一片落叶
如同一个人的命运有着无限可能

秋歌

——2019 年 1 月 19 日复旦大学分校 78 级文信系同学相聚 40 年前入学第一天报到处——华政东风楼。

走着走着便走进了蒹葭苍苍
走进了一支歌的菊香
容止，在凌霜的枝头淡定
激情成熟得沧桑一样深沉

那一天
初逢是新鲜的东风楼
隐退的是动荡、流离、里弄生产组、插队的农场
谈专业，谈理想，谈信仰
是不是该感恩那一天的阳光
直将道路的转折点灼亮
以东风楼的名义，将人生重新设计
绘制、奠基、构建，将巍峨殿堂
揳入钢筋的坚强

相视一尺间，转身已万里
握别一分钟，再握四十年
来了，都来了，从美国、英国、加拿大
重逢是又一次回忆
回忆是缥缈的雨丝，淡淡的喜，淡淡的愁

话儿孙，话健康，话世事，话别离
疼痛着时代的疼痛
风雨着茅屋弱草的风雨
这是东风楼的回响：赤子之心，永远向上

那一天，这一天
是怎样神秘的力量
将曾经陌生的你我他融入同一首歌
阖着眼睫也没有用
紧闭嗓门也没有用
一首歌，长满了皱纹，翩舞着白发，腾起青春火焰
积淀了四十年苍茫，四十年苍茫啊
就要从眼睛，从喉咙，从心房喷涌出来了——
多像风中无比热烈的红石榴
晃动、激荡、迸放

转世蓝鲸化为南汇嘴司南鱼

一条搁浅滩涂濒临死亡的蓝鲸
一群民工拯救了它
滴水湖收留了它
伤好后　归送东海
故事发生在公元 2002 年，临港新城

人们不知道鱼儿也认人
认得住过的湖
触摸过的大地

某日，风颠雨狂，白浪滔天
一声沉默的呼叫
一道照亮海面的蓝色弧光
一条鱼以血肉之躯
纵身跃入巨型钢筋架
高耸岸上
站成永恒

一条鱼的转世方式
简单，而又惊心动魄
人们不禁深思鱼都懂得感恩
人呢

从此，以钢筋架为躯体的巨型蓝鲸
成为一座新城的地标
与这里的人们一起　守卫家园
钢色的血脉跳动海浪的节拍
钢色的眼睛永远醒着
日日夜夜，朝向心爱的城市注目
临港的人们管叫它　司南鱼

我看见了司南鱼身上的名字

海风将白云拂在我的脸上
空气清新得站多久都不觉疲累
冷不防
一滴水
融入我的目光
多么神奇的一瞬
我看见了司南鱼身上的名字
所有临港新城建设者的名字

或惊或喜或震撼或流泪
这神奇的一瞬
召唤我靠近鱼身细细看轻轻抚摸
这些默默无闻劳动者的名字
被海风和烈日熏黑了脸庞的名字
粗糙了手掌的名字
流淌着汗血的名字
这些可敬可爱的名字被一条鱼
被一条鱼像宝贝一样收藏
闪亮在每一片鳞
每一羽鳍

最深情的鱼，司南鱼
梦着上海的巨龙之梦
浇铸进创业者的理想和希冀
像一座钢铁基座
司南鱼躬下身子
托着年轻的临港
新城，起飞

致滴水湖

一滴水从天而落
在荒芜干涸中安家
如同排云一鹤，诗情碧霄
引来各地诗人
你的每朵浪花都变成了诗

美在偏僻
我喜欢你布衣荆裙安静如空气
这年代，西湖愈发人工美了
上海的外滩也愈发魔幻了
水中插入庞大的现代建筑
夜夜困坐在灯火燃烧之中
有一天，你也会这样吗？
你女菩萨般的眼睛
噙着悲悯

见到你我的心境便浩瀚起来
小舟轻漾在浪花尖尖
漫过尘世的诱惑、种种烦恼
直到漫过
诗歌的至高无上

雪猫与女人

雪旅

我喜欢
蓬松白云
野花般倦慵在地上
没有谁会注意一只猫的　奔跑
我贪玩，整日找吃
没有意义的存在
晚上好！世界
晚上好

雪花携着那个女人来了
来得像一段
忧患岁月
雪花用复杂情绪表达着她
一半温柔　一半狂悖
一半躁动　一半静美
就像人间八卦
把宇宙缠绵成黑白两条鱼
一半阴
一半阳

高冷，就这样飘着别堕落
银妆世界已乘坐雪橇下滑

被凶猛黄色染浸
我岂肯喝下变质养料
伤害惊心动魄
污垢犁开白雪

弓起腰，妩媚，舞起前爪
对夜空做一个妖冶姿势
真有那么严重?

生儿育女，我不愿卷入
我缺乏母性是因为具有太多的母性

她在落泪？严重了
严重时刻，严重时刻
我奔过去对她说
漂亮女人
别耸起敏感触须体味
夜之悲凉
衡山路灯色昏昧，咖啡香，酒香，烤鱼香
带一只咪咪去潇洒
让流浪也高贵一下。其实
饥饿流浪而看着雪景也是快活的

风猛撼，雪狂下
整个人生要被今夜围困
头脑清醒，脚步迷惘

这不是我一个人苦闷
这，不是我一个人苦闷

唉！这样活着
远不如我们
猫类自由
猫类世界也很大
管它呢，自由就是心大
放得下自己容得下天地
忍不住
喵呜一声
她旋即转身
目光缓缓刺痛我背脊
留下女人缝纫的痕迹

夜的黑须　飘啊飘
我在蓬松白云上面无忧奔跑
晚上好！世界
孤独的女人
晚上好

白鹤南翔传奇（长诗）

1

话说 2500 年前
那时的槎溪（南翔前身）
寄身于荒凉之中，人迹稀少，平原漠漠
寂寞比围绕它的三条大河还悠长

2

话说时间一晃
晃到 1500 年前的南朝梁代
槎溪大雪纷飞
一位老农正在田间挖掘
一块巨石破土
神秘的石面如同一部传奇封面

3

一对红冠白鹤兀自降落，停在石头上
白色的身体收拢雪花
长鸣擦亮太阳
温暖孵出一丛丛野花

惊得老农愣成一柱站得笔直的杉木
此乃大吉，这里要成为风水宝地
阿弥陀佛！德齐高僧如此说
他化缘路经此处

4

高僧发愿建寺
说来也奇，白鹤飞往哪里
哪里就有人来捐钱
寺成当天，香火袅袅，白鹤翔舞
一声嘹亮，久徘徊，频回首
白鹤向南飞，直至消失
为纪念，佛寺取名白鹤南翔寺
槎溪之地因寺成镇
名南翔

5

白鹤从何而来？
白鹤飞往何处？
是追求自由的天性？
还是一切均有定数？
这不是普通的白鹤，是仙鹤
由仙而来
由仙而去

6

话说时间又晃了一晃
晃到己亥 2019 年
云翔寺（因康熙钦赐御笔“云翔寺”额
南翔寺遂改名云翔寺，后屡经战火，寺
尽毁，于 2000 年重建）飞檐之上停着一对白鹤
在高僧率领下，人们朝天燃香
云翔寺警世钟的钟声，响如惊雷
催人自觉，妄想尽除，心存大钟铭文
白鹤于飞
钟声是另一种乡音，凉如水，冰清玉洁
白鹤的身体蓄满钟声

7

1500 年前，梁代的那场大雪
落下来
落在槎溪的三条大河之上
河水举着浪花，扑面
水珠打湿幻觉
大河变陆地，生长出现代时尚
白鹤在变幻中歌吟
该消失的终将消失
时代有一颗喜新厌旧的雄心

8

话说一双白鹤一日游遍南翔
历尽战火沧桑，千年甘泉不绝
萧梁古井犹在，五代双塔
经风斫雷劈，笑傲红尘，尽显吞吐大荒神色
明时天恩桥，“嘉定第一桥”
美得连白云都争着与它拥抱
阅尽各个朝代，唐、宋、元、明、清
70 余座古桥，桥的语言，桥的心思
一一诉诸白鹤

9

在明代诗人书画家李流芳的檀园逗留
董其昌评价此人：“其人千古，其技千古”
烟霞弥漫（李流芳造园自称有“烟霞之癖”）
十里荷花
青檀参天
当年此君坚拒参拜魏忠贤生祠
“拜，一时事；不拜，千古事！”
清流之声，融荷香
铁骨铮铮，撼青檀

10

在建于明代的古猗园逗留
绿竹猗猗，似闻古乐荡漾
白鹤亭（原名梅亭）边有诗碑：

白鹤南翔去不归，
唯留真迹在石基。
可怜后代空王子，
不绝熏修享二时。
——（唐）陆龟蒙

萧萧布影碑上
泣下鹤泪数行

11

在白鹤飞过的任何一个地方
都会听到人们谈论家乡的“非遗”
元宵灯会、端午赛龙船、赛诗会、文化节
重阳鹤槎山登高
谈论互联网、科技园、高铁、地铁
银翔湖、留云湖两大簇新的生态景观
一谈及白鹤南翔起源
就像谈到他们的图腾
一眼千年，千年一叹
一闻万里，万里一跃

12

在新启的地铁 11 号线南翔站
鹤影盘桓，乘地铁去上海市区逛逛，该多好
夕阳斜照，日暮更添故乡情
舞兮歌兮，长飞更短飞，留恋，留恋，胡不归？
南翔小笼，香气四周弥散
这时辰谁能挡得住国家级美食的诱惑？
精致小笼，裹着浓浓乡情，裹着它 140 余年历史
裹着一个由寺成镇，由小镇到大镇到巨镇
全部憧憬，梦想成真的智慧菩提

13

在南翔小笼最著名的一家酒楼
人们陶醉醇酒飘香，素楼风物
赞叹小笼形美，十四个折裥
皮薄、馅丰、汁多、味鲜
高朋满座，融入时光的祥和
也许，你不会注意，谈笑风生
与你对座，两位道骨仙姿的陌生来客
正是白鹤的化身

第三辑

行旅之什

107

155

雪旅

我从孤寂的雪谷中来
现在我要回去了
离开这座城市

是我要离开你的。那晚，你很爱我
是我突然发现被暖气装置燠热的屋子
献给我的玫瑰色调我不能接受
我有了冬天的心境
懂得了一切存在与不存在的寒冷
我更觉得孤寂的雪谷样样都好

一棵树上最后一片树叶急促的呼吸
我停步回首，雪在倾斜着流动
被房屋装饰的街景在流动
雪很亮，流动的面孔也很亮
我的眼中涌起一阵怜悯
我没有移动
“原谅我给你带来了痛苦。”我轻轻地说
现在我上路了
走向雪白的路是艰难的
走向雪白的路是坚定的

航海记

——谨以此诗献给航海先驱郑和暨七下西洋起锚港太仓浏河

公元 2015 年 7 月 11 日
一群诗人相聚刘家港[①] 码头
时间之手为他们打开 610 年前的今天

一声铁锚震响天宇
一幅浏河三万官兵《开洋起航图》
渗出海风咸涩的气息

起航日比哥伦布航海年长 87 岁
208 艘海船，航海先驱郑和站立船头
高大挺拔，一座移动的山峰

遥遥作揖天妃宫，挥别
倾城而出的太仓父老乡亲
启航令如千斤铁锚永远碇泊刘河港

浏河！浏河！

---

① 浏河史称刘家港、刘家河、刘河，被称为“海洋之襟喉，江湖之门户”。

先锋从这里出发
去往一片未知的土地

血液在海的脉管流淌
梦想与巨浪的火焰一起汹涌
向死而生，卸下一切悲观和恐惧

黑夜的风暴
包围船舷，轰响，如万炮齐发的敌军
每一张帆回荡过凄婉动人的绝唱

如果，开辟新世界必须付出残酷的青春
男儿的躯体
便是抛入海底的锚

海的先锋以振羽凌空的气势
站着，是火山的激情
平展开来，是经久不息的飞翔

在你打开世界的同时
世界也打开你。开洋七次
所有离开的路呼唤你回家
航船装满 30 余国色彩各异的语言
阳光照抚冬日的灰白②

---

② 郑和第七次下西洋时已是年近 60 的老者了。

将眉梢的盐霜吻吮

穿越海的炼狱的爽朗笑声
远逝，山峰消隐烟雾之中
却为浏河的后人

展现一条愈加簇新，飞驰
更辽阔的航路
而诗人们开始思考

高原上的向日葵[①]

雪旅

你爱这一片辽阔无际的红土地
瞧你挥洒的金色情感
辉煌又漂亮，馨甜
如同婴儿笑唇的乳香

有谁知道你的忧伤呢
鲜红的忧伤流淌在躯茎
沉淀在根须
默默地渗透土壤，高原微微震颤

在你的转盘里嵌满的全都是
灰黄色的小茅屋
旋转，强烈而飞速的节奏
向着太阳旋转着你的痛苦和希望

当阴暗的天空没有一丝阳光
当你嫌一个太阳还太少
你的每一个转盘都变成了太阳
千万头金狮腾云狂舞
高原的天空燃烧得火辣辣的

---

① 1985年8月写于贵州，《诗刊》社第五届青春诗会。

金红的喧响格外悲壮

你深信每一个茅屋都将是宫殿
从茅屋里走出来的人
个个都是帝王

美丽的坎布拉

坎布拉！美丽的坎布拉！
青海还有何处比你更美？
连歌声也沉默了
连飞鸟也凝定半空了

高山上，香雾拂面
深渊下，绿湖举着十万朵雪浪花
像一面魔镜，制作幻景
多么超然，孤寂在遥远的地方

荒僻使人心静
烦恼的人们只要见到你
灵魂都能长出一棵忘忧草
迎着坎布拉的韵律，曼舞歌唱

谁是第一个见到你的人？
目光轻轻一触，感到你在等我
从我凡尘的瞬间
静候神秘的到来

题雁塔

有一种敬畏
饱含众生的虔诚
玄奘法师曾在此
放飞双雁
慈航的起点

千丈岩瀑布

雪旅

死神站在陡峭的岩壁上良久冷笑着

崖缝里枯萎的树枝
伸出了两只颤巍巍的手臂
梳理起世上最美最长的白发
初春夹雪的风
猛地，泼翻了她的润发水
细霰溅湿了我的面孔

奶奶，我回来了，我回来了——
我喉头凝噎，终于迸出一声呼喊
喊声在山谷回荡
但她总不肯转过脸来

泪珠在眼眶抖动
我默立，屏住呼吸，不眨眼
唯恐这千载难逢的背影蓦然消逝

春水十二弄

——你说，不要老是那么紧张，好吗？该沉重的时候沉重，该轻松的时候不妨轻松……

春水，春水，哪里来？
天上来
“黄河之水天上来。”

春水，春水，哪里去？
海里去
“奔流到海不复回。”

春水，春水，为什么而来？
为什么而去

春水，春水，看似无情却有情？
看似有情却无情？
无即有。有即无

春水，春水，仁者爱山？
智者爱水？
可以互换

春水，春水，茫茫苍苍
冲刷掉多少历史与现实？
淘汰是为了新生
冲刷是为了积淀

春水，春水，逝者如斯夫！
何尝不是回归？
归向我离开的美
或离开我的美

春水，春水，伊人临水
是迎接还是送别？
所谓命运阻隔
所谓情缘粘连
迎即别。别即迎

春水，春水，让花蕾永远是花蕾
有消失才有永恒。喏！
你相遇的也非旧年春水

春水，春水，杨花水性？（笑）
“风萧萧兮易水寒，
壮士一去兮不复还。”
水之流动，百折不回
好比壮士一去，义无反顾
何尝不是一种坚执？

春水，春水，“问君能有几多愁”？
“恰是一江春水向东流”？
不若改为秋水更佳
所谓春水，年轻之水也
慧剑斩愁绪。倘若愁成
白头青年，你会喜欢？（笑）

春水，春水，洋洋洒洒
大彻大悟，不留痕迹
以云为笺
以水为笺
一腔心事写于天地间（大笑）

挪威之旅（组诗）

雪旅

站在挪威的山坡上

站在挪威的山坡上
雪气升腾，点点滴滴，在阳光下面
凝成铂金
北欧的风在空谷运送雪花
Na wei， na wei 地回响
所有小草都笑着摇头：风先生
他今天怎么啦，念错了字？
一阵战栗，我快乐地大喊

Na wei， na wei， na wei——

喊声朝向异国的雪谷，还是
故乡的山坡，蔷薇的火焰？

四十年前，江南，静静的村庄
羊群把柔软的乡音铺在山坡
蔷薇染红了乡音
孩子们围着一幅地图做游戏
地理女教师让我们挨个蒙上眼
地图会感应，她说，手指落点
就是将来你会去的国度

将灵魂　祈祷凝聚指端
心在指尖上跳
在世界上空，飘
它驱使我的梦降落在一个叫“缘”的地方
Na wei， na wei——
祝你梦想成真！
那一朵朵开在喧笑里的仙童的蔷薇之颊
使我激动不已
年轻的女教师笑弯了腰：
这个挪字呀，不读 na， 读 nuo
在我把琵琶弹响的瞬间
琵琶变成了飞机，向村庄驶来
山妖们从机舱探首向我召唤

等待与梦幻渐渐淡忘
淡忘在不断拔节的年龄中
青春一触及秋风就黯淡了
波浪流到远处就平静了

四十年后。上海。梦楼
一个难逢的词，钻进信箱
捏紧它，让烫热的笔划灼痛我的手
机遇这个词究竟是偶然还是必然？
它唤醒了等待，也唤醒了梦幻
它会使人变得永远年轻

头一回出国
站在挪威的山坡上
蓦然回首
童年的风向我吹来
Na wei， na wei 地飘响
蔷薇之颊在眼前簇拥浮泛
天地间，什么样的神秘弥漫着我？
女教师的笑容是家门口柔丽的水波
孩子们小小的手指是一根根水葱
气势却是一道道神光
站在挪威的山坡上
风很冷，但更热，裹紧我，飘响
Na wei， na wei， na wei——

在格里格故居

心灵的图案
一组组华彩乐章
筑成家园
窗外，海水站在礁石上
激荡，如男高音
茜红色座椅起伏成童话世界
格里格！你和一群
森林山妖住在这里，富贵
气派，无忧无虑

挪威的宠儿
卑尔根王冠上的明珠
何处不豪华?
坐在客厅里听演奏
乐雾扑面，散发时间气息
金光辉煌了感觉
恍若王室显赫
而我只是风雨中劳作的小舟
偶尔飘临你的风景
在音乐中等你回家
你与妻子尼娜外出散步
片刻就会回来

你用春天的阳光酿酒
用音乐酿酒
侍者端来一杯杯音乐酒
我看见春光在杯里闪烁
我看见白云在杯里飘荡
你让我醉成仙，醉成幸福
醉成幸福
我突然想起祖国
祖国的音乐家
飘满冰雪的一生
精神的一生
抽掉物质保护层
省略掉生存的一切高贵形式

在内容的光芒后面
一个民族永远的伤痛
特洛尔豪根！特洛尔豪根
显贵的雨中的特洛尔豪根

在格里格故居
泪，莫名地流
有人唱起索尔维格之歌
北欧的风，放颂着
歌声的雪
歌声的玫瑰与火焰
格里格！我多么幻想，你
从歌声中走来
与我交谈

格里格，挪威著名作曲家，本诗中提及的《森林山妖》《春天》《索尔维格之歌》均为其代表作。

在温塞特故居

公元 2000 年 9 月 7 日
温塞特，我来到你的故居
白色栅栏，守着那个年代的风格
花的波涛逶迤，拍击时间
比耶克祥克庄园在雨中回忆：

幽暗的木屋
简朴，忧郁，写作圣地
听到你穿过房间的脚步声
轻盈　忙碌　井井有条
你的体温弥漫过来，气息如花
木屋里有你的小教堂
世上除了上帝，谁
能听到你灵魂的细语
世界是值得怀疑的
人类是值得怀疑的
那些日子多穷困
壁炉里冷冷清清，没有火
一时代的战火鲨鱼般游来
儿子的血液在笔管内燃烧
灵魂扑在纸上
低唤：母亲　母亲　母亲

避难的雪橇经过群山
就这样离开家园吗
所有的念头来不及闪过
在目光濡湿瑞典的一瞬
群峰之后，有声音传来：
回来吧，温塞特！
“我会回来的，挪威！”
你又把雪　花　三文鱼
孩子们滑雪的勇敢

把裤子改大衣的故事和笑声
带到美国，沿着回忆的芬芳
从漂泊的苦楚里流出挪威欢乐的时光

绕过弯弯小路
一个隐藏的小花园
就像你的内心深处
就像我的内心深处
正当和平年代！喧笑年代！
人，依旧寂寞，疏离，冷漠
连诗歌也把零度的冷光照耀
闹哄哄聚在一起喝酒，谈文学
既无危险，也不安全
既没有丢失，也没有得到
只是让心灵悬在空中
温塞特！我多么幻想， 你
从庄园的上空飘临，倚着栅栏
与我交谈

温塞特，挪威女作家，著名的《挪威欢乐的时光》的作者，1928 年获诺贝尔文学奖。

爱尔兰诗叶（组诗）

叶芝

走进爱尔兰作家博物馆
头一个寻找的是叶芝
雕像们，在轻轻呼吸
牵动世界

叶芝！上个世纪最后的理想者
笔端轰响爱尔兰民族的火焰
身影却像一首愁瘦了的中国宋词
披一身落叶。拂了又满

当代人沉溺于肉感的事物
遍地激流，热衷于作秀
有着钢水表情的冰男女
沉沦。毁掉。不着痕迹

一个不再需要诗的年代
拒绝高雅。一个孤独诗人的存在
是城市艳热灯火中的月亮
明亮而被遗忘

叶芝对茉德冈说：当你老了！
这声音令多少女性羡慕、疼痛
谁给她们写这样的诗说类似的话
今生不会。来世也不会有

一切至高的声音只能来自天堂

峰巅之诗应有神助，神说要付代价
青春。热血。痛苦。抑或更多
你一头栽入美女茉德冈的冰河期
自拔。超越。把自己锤炼博大成史诗

烦恼，忍耐
这很简单。休憩一阵便继续赶路
就这样静静睡眠
在布尔本山头下面，脊崖墓园——

“冷眼一瞥
生生死死
骑手，驰过！”①
光荣的梦想暂息在静寂之上

曾经是多么遥远
爱尔兰的太阳
紧挨着合影，彼此气息相融

① 刻在脊崖墓园墓碑上叶芝的墓志铭。

像一对热恋中的情人

叶芝！你欲驶向拜占廷？
“不。”“戴着民族手套的手伸向宇宙”[②]

驾着飞马珀伽索斯驰向永恒
蹄声滔滔。灵泉唤醒沉沦淹没邪恶[③]

诗人类，再生凤凰，未来的岁月

爱尔兰咖啡

液汁的夜
沉默的目光盯着你
坚固如一枚黑钻石

我很想看清楚它，捉摸
它便用雾气遮掩脸庞
就像居住在高层次的艺术
懂得：神秘

---

② 叶芝曾说过：诗人只能用戴着“他的民族手套”的手伸向宇宙。

③ 指希腊神话中的飞马珀伽索斯。它蹄踏之处有泉水涌出，诗人饮之可得灵感。

它一定知道我爱喝酒
便在自己的液汁里
燃烧起一朵威士忌火焰
我担心液汁也会被烫痛的呢
它竟如此善解人意
用独特的方式

热爱诗意
都柏林没有水泥森林
木屋酒吧环形建，连同
花园小洋房
都那么平和　空间无限扩大
足以容纳时间的广阔风暴
星星月亮安睡于夜的银床
呼吸夜的芳香，吮吸
爱尔兰咖啡，咖啡中的咖啡

液汁的夜
随一群音乐猛兽旋转
甩动起栗棕色头发
围着我跳舞　歌唱
在我身边耸起黑狂的波浪
它瞬间在我体内电闪雷鸣
蓬荜生辉
散发刈麦一样的芬芳
我在无限之中飞翔

弦月，高悬夜空的竖琴
琴中蓄满流水
手指刚刚触及，流水哗哗
突然看见故乡上海
迎面而来，外滩
灯染的，闪闪，闪闪
一座巨大的斜拉桥
桥上的人们
母亲　妹妹　外甥女　乘车经过
有声音叨念我的名字

液汁的火焰
液汁的乡愁
爱尔兰咖啡
那九月的　都柏林的
夜空

如梦似幻土耳其（组诗）

雪旅

以弗所

一座灰黄色的废城，召唤我
穿越奇峨壮观，我在飘
飘在石柱的波涛之上
汹涌在大地上的石柱的河流
汹涌在辽阔空间的狂喜和感伤
整片整片的传奇有若雪花拂面
冷冰冰、火辣辣、敬畏、震撼
当巨大、庄严、超然——
沦为遗址——凄楚悲壮，如同逝爱
显得更巨大、更庄严、更超然

陶醉于建筑，陶醉于欣赏
那闪亮着非凡才智和荣耀的死亡
露天大剧场上空，震响公元 2010
羽绒装的喝彩，惊叫，歌舞
太平盛世。太平盛世。太平盛世
召唤以弗所英灵们，穿越世纪，来呀——
狂欢吧！唱起来！石柱们
献给土耳其无上荣光的
虽死犹生的以弗所

被岁月捉弄
著名的罗马男厕，裸露在
众目睽睽之下，如同一排幽默的自嘲
拨开草丛，石板煽动一幅奇异的绘画
迪导，一位绅士模样的土耳其导游
一口流利的中国话：“嗬！比抽象画更抽象吧?
这幅图案，暗示——进入妓院的规则
瞧，山坡对面，那座曾经美轮美奂
宫殿式图书馆，内有暗道通往此处——
你们所在之处。”
消迹了的建筑风月
风月侵蚀书卷，扩散
末世气息

昨天的风月饰妆典雅
今天的风月饰妆时尚
但——它们是——同一轮风月，同一轮

一只小鸟无声飞旋
忠贞地寻找以弗所，膜拜之潮
寻找月神西布莉跌落的花冠

青草的火焰，燃绿罗马大道
火焰之歌声，穿越拜占庭、奥斯曼
煮沸伊斯坦布尔漫天飞雪
哪座屋宇，哪条小径，哪块岩石
诞生了《福音》？哪儿曾是

圣约翰、圣母马利亚的居所?
体育馆、文艺殿堂——以弗所太阳的光芒
透过雪日迷雾，把我召唤
与哲人的偶然对话。崇高的伙伴
这里曾经是男人的世界
互相激赏，智慧，雄性的美和力量
让我理解情仇爱恋
让我理解人性
让我理解生活的权利和情趣

创造风暴的论坛已归于静寂
每一缕石隙透射灵魂的光彩
每一根神柱闪放智慧的魅力`
辩论、演讲、教导，惊心动魄
苏格拉底、柏拉图、亚里士多德
星星住过的地方！闪烁！闪烁！一道道——
击中我内心的灵光
我的眼中注满泪水
哲学，磅礴的探险、奉献
最终使自身也成为哲学——生命哲学
唯有经典是永恒的

唯有经典是永恒的
以弗所，风雨 3000 年
褪去了战火、地震、海啸
死守移近时的狂欢和惨烈
兴衰成败，毁掉、复活、又毁掉
不屈的残躯依旧勃发着湮灭的辉煌

赞美生存！词语像鹰隼凌空
伟大、征服、奢华、气势如虹
伸手触及一罗马时代的梦幻。渗入
悲歌的旋律，女人泪，英雄魂
面朝历史的残酷进程
谁能永葆盛世的繁荣

蓝色

　空空荡荡
　没有神像
蓝色的光泛着宗教的诗意
蓝色的光阻挡世间的污染
蓝蓝的，那种感动
蓝蓝的走进我的眼睛
我呼吸着那种蓝，那种感动
心境被擦得干净、清爽、澄明
　我站得像雪　静

棉花堡

难道仅仅是一次石灰岩之旅?
生涯中似乎从未有过，也难再有
如此强烈的震撼
如此景致只能天上才有

我听到非人间的音乐
绘画纯白的呼吸
触摸到诗歌溢出灵魂的泪花
艺术之棉，张开双翼，径自创造

感恩上苍！以天然之作
狂喜我、陶醉我、感悟我
渴望为天籁而生
渴望为天籁而去

也许我更爱非人类的艺术?
我担心自己会变成不食烟火的诗人
我也担心上苍会瞬间收回它的杰作
美，有顷刻绝尘而逝的品质

一种声音在空阔中回响，犹如天启:
没有寂寞，没有忘我，哪有艺术?
让别人去浮躁去喧闹吧
你的世界只需要静静写作

特洛伊木马

千万里赶来，会面
一个浪漫的传奇故事
特洛伊遗址：九个时代的古城
一层一层累积，就像
一个时代压着另一个时代

在某个瞬间掉进了自身的命数
化为一片低矮绵延的谷田
零星几个村落
如同忠于职守的士兵
执立于雪野，目光紧盯
一匹巨大的木马
木马以入侵者的雄姿
定格在荷马时代的特洛伊

游客们起哄着涌入木马内部
踩着楼梯，开启一扇扇腹部小窗
向外面世界探首欢呼

凝望木马就是凝望血与火的史画
凝望木马就是领略非凡的钻透率
将屠城元凶装扮成和平使者
将定时炸弹美艳成诱惑礼物
需要何等惊人的谋略
木马计将天真而贪欲的特洛伊城
轻易烧死在黑甜的睡梦之中

也许，为特洛伊复仇的正义之声
经年不绝，却始终未能摧毁
那匹小小的巨大的谦卑的高昂的木马

木马阵行走——罂粟远征、远征、远征
病毒般流入芸芸众生

大巴扎

——大巴扎是世界上最大的室内市场，历史非常久远

呼啸的西北风
蓦地，带雪转身
热浪扑面
一头坠落土耳其，古老的贸易网络
一天空星星在此设摊吆喝
一海洋珠贝在此垒起迷宫
物品像一条条斑斓河流
移动的壁画，缤纷嘈杂
人与人摩肩接踵
瞬间失去声音，失去听觉，失去语言
没有方向，只有线路
没有清醒，只有迷失
我默默告诫自己：
　　“65 条街道你只选一条
　　4400 个商店你就光顾有缘的几个
　　一直走，原路返。”
啊——有人如此砍价——100 元砍成 10 元——成交
买主神采飞扬
卖主表情复杂

神定气闲
把晕眩揉成薄荷糖

一阵清凉

　　我已站在

　　雪地，伊斯坦布尔

　　　　　　漫天鸽群

阳美茶四题（组诗）

阳美茶

看一眼是钟情
再看一眼是情深

喝一口是鲜爽
再喝一口是销魂

阳美雪芽

——致兰山茶场

这注定是一场修炼
从大雪压弯二月起
茗峰千仞　兰山
欲望一样伸出手来
将厚厚积雪揉着、捻着
绿雪翩翩

为啥？谁在空中发问
兰山的回答有点任性：不为啥
就为喜欢春天的颜色
就爱为雪赋形

万物缄默无声

如同绿豆
绿雪发芽了、长叶
一叶一芽一菩提
一芽一叶一世界
心诚
雪也能修炼成茶

这中间有过泪吗
这中间有过痛吗
隐藏的事谁也不可能知道

永恒也许就是这样惨烈
像一道祭品
以入定的神态
走进沸水

阳羡荆溪云片

——致新街茶场

主人端来一杯新沏的茶
云之飘　飘得我眼迷离　心神恍惚
每一片绿云从空中跳下
都是观者的屏息

舞者
青春的精灵
在杯中世界　舞成水草
绿腰把水旋成芭蕾
我呼进了细绒的薄荷清香

艺术的过程如此惊心动魄
每一个舞姿都攥得出血汗
让你心旌荡漾
让你悲喜交集　怜悯无限

当舞者在水底躺成一枚绿禅
你捧着颤动的水杯
不忍以吻加额

十八个茶场

茶研所、乾元、兰山、御茶生态园
阳羡贡茶院、永红、岭下、灵谷
南山坞、华锦、新街、茗苑、红岭
项珍、芙蓉、大地春、寿桃山、茗鼎
十八个茶场
十八个兄弟姐妹
红茶男　绿茶女

采摘、揉捻、起锅、摊凉、高温手炒
在生活中走得挥汗如雨
烫伤的手，火泡的手
十八个伤口长出十八株幼茶
漫成十八个茶场
天赋、艰辛、梦想
催十八个才俊，闪光亮相

他们有个温暖的家
名字就叫阳羡茶
家系显赫，从东吴、唐、宋、元、明
扬名至今
茶圣陆羽曾以贡茶命名
“芬芳冠世产，可供上方”

十八个茶场
十八个兄弟姐妹，相聚品茗
欣赏、赞美、找茬、切磋、互勉
紧握道别，相视一笑
像十八条河流涌往自己的方向
把未来当作茶一样来爱

佛山漫录（组诗）

雪旅

佛山之偈

何以不见庙宇，不见山？

心中有山处处山
心中有佛处处佛
心中无山见山不是山
心中无佛见佛不是佛

佛山将山与佛都藏起来了？
山与佛是空的

你的心灵创造肉眼不见的事物
以山观世，目穷千里
用佛待人，自己即佛
佛性悟人，人可兼佛
空是不空
佛山是禅

南风古灶

南风荡漾
南国的艺术圣地

整个龙窑，亲如百姓家的一只灶头
千百年来陶工、添柴工以窑养家活口
一批又一批
如同马灯从岁月面前闪过
他们是岁月最疼痛的部分
其次是陶，是瓷
成为艺术，真有那么重要?
告别土地，泥坯，献身烈火
任千度高温摆布
对于它们，窑变是炼狱，更是命运
从窑里走出的未来
只有两种形式
一种束之高阁，流芳百世
一种废品一样被弃被处理
大地收回它们
就像母亲紧抱心酸的儿女

南风古灶
南国的艺术圣地
南风荡漾，像轻轻柔柔的叙事
轻轻柔柔的叙事里有碎片的锋利

龙窑边的古榕

宿命感从一棵树的内部
弥散，冰镇过来

巨树如猛兽
利爪紧攫窑壁一寸寸攀爬
砖窑运行着拙重的熨斗
将一棵树的躯体烙成猪肝色
像大片岩浆粘贴在山崖

烧窑师傅说，只有历尽千年烘烤
才能活出一棵神榕
乍见时，我曾想
与其受难一生
不如自绝一瞬
我为刹那的念头愧疚

无暇回想过去
不及思虑未来
专注当下，以顽强的潜能
去无畏，去从容，去专横跋扈
以命抵押逆境
一棵树读得我热泪盈眶

倾听

——在佛山祖庙叶问、黄飞鸿、李小龙纪念馆

青砖瓦房，几支疏竹，足够了
叙事不必，兴盛不再

神功已成为一件件展品
犹如我们的躯体，拥有灵魂

前来参观的人
习不习武术
爱与不爱
对我们与否所闻，都无关紧要

娱乐时代
风，嘻哈着
将曾经的沧桑，国破山河，睥睨翻过
大地呼吸着国粹的忧伤

享受科学、人工智能，沦陷其中
落后，意味在危桥行走
一天空的乌云
朝你压过来

武术何用？
倘若不能炼成一种精神
一种唤醒，旗指宇宙，高于民族
高于俗世凡尘

重庆诗草（组诗）

雪旅

北碚

少年时
从唐代吴道子的巨幅山水
认识嘉陵江
青年时
获悉中国第一所新诗研究所诞生
从上海仰望你
后来，万能的百度告诉我
你是从渝州之北
伸入嘉陵江的一片奇石
多少年过去了
今天，当我来到你身旁
我已经老了

总有山水滋润我、渗透我、年轻我
缙云山、金刀峡、嘉陵江小三峡
总有历史唤醒我、深沉我、精英我
重庆遭遇五年大轰炸
闻名中外的金刚碑古镇
抗战时三千名流曾聚集于此
总有文化智慧我、启迪我、反思我
梁漱溟、梁实秋、老舍

北碚之父吴作孚
旧居如故主张开欢迎的双臂
那个年代特有的精气神扑面而来
泪水模糊了造访者的眼睛

总有未来向科技落伍的我
伸出援手
通过你遥遥领先的人工智能机器人
助我飞行
我的诗掠过千里嘉陵江上空
邀李商隐一起俯瞰
屹立七千万年的巴山——缙云山

缙云山

不知崇尚零度情的现代诗人
是否能理解一座山的深情
每一滴雨里红着西窗烛
每一潭秋池涨绿相思

山是诗人的知音
云是诗人的心笺
《夜雨寄北》
是悬挂在孤峰顶的一颗眼泪

哪一天都是前约
哪一天都是归期
金桂、银桂、丹桂香了整座山
朵朵片片默念着诗人的名字

由唐朝而现代
由天上而人间
披着缙云抑或月光、细雨
飘回你心中的巴山①

黛湖

据说哪位菩萨曾在缙云山打坐
失落的一面古镜
化成了黛湖

她的眼中噙着蓝天白云
心境空寂成一轮明月
她的水站起来是一尊菩萨

在重庆自然博物馆 / 恐龙馆遐想

体积庞大的恐龙
浓缩成时间的形状
袖珍在石头上
曾经威慑天下

---

① 缙云山在古时称为巴山。

被希腊、古罗马人称为“食人魔”“狮鹫”
还是中国人想象丰富：龙升其山
值天门闭，不达，坠死于此
后没地中，故掘取得龙骨[1]

我在想
恐龙的不幸
何尝不是人的不幸
欲望如繁星高悬
逼人腾地而起
坠地而亡
恐龙，犹留下化石
留下追寻的过程与痕迹

---

① 东晋《华阳国志》曾记载：“五城县（今四川中江县），出龙骨，（故老相传）云，龙升其山……故掘取得龙骨。”

沙漠日落

雪旅

砰然一声
撞碎了天边的玻璃栅栏
一头红豹从蓝色囚牢逃脱

自由的足音翻越一个个沙丘
红豹追逐着雪白的流沙狂奔欢叫
直至筋疲力尽

不知过了多久它睡着了
一只黑色的巨掌
从天际伸展过来抓起红豹
像拾一粒红豆
轻捷、娴熟、不着一丝痕迹

致爱琴海

叶簇，染绿衣衫
燃着硫黄的太阳
斑斓了希腊的长裙
哪一个轮回
将我站成一株埃利蒂斯的石榴树
你可知道我内心的激荡？
白云间
高冈上
俯瞰蓝得古老而凄美的传说
国王的泪滴，王子的绝望
像液体的音乐倾倒树梢
奥林匹斯山诸神从云端　列队而过
请问，你们中——谁的爱，谁的传奇
抵得上人世间的情深
爱琴海无边的忧伤

雨中塔尔寺

雪旅

从空中抽出无限思绪
浥湿四山，萦绕塔尔寺
灵迹闪动，梵塔群愈加洁白
在每双眼里肃穆和澄明

他们来自东西南北
他们与我之前所见的朝圣者不一样
心象祈福？还是满怀罪咎？我无从知晓
他们五体投地，趴出一汪汪水花
像鱼那样在浪中颠簸
朝向广大无量，朝向无色界

从自我走出来，我也学着
转钟、摸石头、点灯、莫名地绕圈
争盼活佛摸一摸前额
佛说：把沉重放下
　　　把烦恼抛开

我一直在追寻某种意义
任何意义都伴随痛苦的过程
无异于勇敢的探险

混乱和欲望在世上蔓延
放纵嘲笑节制
污浊驱赶纯洁
这个世界倘若没有了敬畏与信仰
会是怎样?

远望塔尔寺
雨丝依旧。更粗放了些
塔尔寺，又增添了什么?

第四辑

中华创世神话之什

157

190

神女瑶姬歌

雪旅

神女峰山巅上泪眼望故乡
小村庄农耕忙初日绚东方
沉鱼容落雁貌衣袂逸芬芳
心上人立船头所思在何方
父亲啊神农氏攀山越岭百草尝
天苍苍地茫茫女儿已不在身旁

朝为云暮为雨云是棉的温度
涌流岚润裂土雨是丝的微凉
挡大雪拦狂风风调雨顺百花赏
月徘徊影孤独碧海青天舞星光
护船只佑苍生自由自在多欢畅
爱人间倍思念谁知欢畅伴忧伤

助大禹治洪水劈开自身的山峰
经巫峡穿巴蜀水入江流势浩荡
娇媚身蕴豪情气壮山河揽大荒
曾经沧海难为水除却巫山不是云
神女瑶姬的故事地久天长
神女瑶姬的故事啊　地久天长

巫山瑶姬（长诗）

她说，感觉好多了

小鱼儿欢跃在浪尖上
曾经生动鲜艳的表情
忧思，燃红双颊
她已听到黑夜的催促
斜倚阳光的荒凉

她说，感觉好多了
父亲，不用守着我，村民们
等你祛痛治病，种植庄稼
采药时搭建山上，小草屋
你一定牵挂，昨夜风颠雨狂
神农炎帝不舍地抱了抱女儿
一把拿起药篓。奔向村庄

她说，感觉好多了
母亲，我想去后花园
湖面下着桃花雨，风剪碎
她的爱恋。因病深陷的眼睛
黯然神伤

蓦地，远方尘土飞扬
黄衣美少年骑着白马，喊她的名字
氏族里巫师的孙子，她日思夜想
她激动得喊不出声来
使劲张开虚弱的手臂
桃花落在她肩头、手上

终于可以不再承受阴影笼罩了
她静静躺在母亲怀里，嘴角噙着阳光
捧着花瓣的手松开、垂下
神农站在山坡上
无端心慌，药篓子倾翻
为爱女采撷的野果，沿着山坡
滚落。瑶姬，女儿，不会有事的
神农一路狂奔
悲泪盈眶

艾艾瑶草

天帝说，跟着我。她说，不——
是什么样的勇气和信仰
才能拒绝天堂的诱惑
有一种柔弱比坚强，更，坚强
灵魂长出了嫩枝和叶
花朵覆满全身，闪闪金黄
花的颜色来自金子的心灵

万千祈祷提炼成果实
可祛病、可美颜、可益智、可延年
她的奉献静静的，像
天使来临，默无声响
像庙宇的钟声抚慰人心
艾艾瑶草
白云间
山巅上

神女峰。望乡谣

——吸取日月精华，瑶草终于修炼成人形，渐渐的身体长成一座山峰……

望乡，望乡
天机云锦
日升东方
鸿雁捎去问候
苍鹰带来故乡
要拨开多少迷雾
看清家的方向
要翻越多少山，蹚过多少河
听见父母的声响
明月徘徊
影布山上

望乡，望乡
风吹雨打小村庄
心儿为它紧张地跳
洪水如虎
离乡背井去逃荒
艰难行路
饥饿脸庞
人间悲怆
何时尽，何时了
挥挥洒洒泪千行
望乡，望乡，望乡

神女峰。云雨之神

她是人间的一部分
她是生老病死苦难欢乐的一部分
把爱渗透到山峰
把爱融化到江河
连鬼神也惊愕
连天帝都动容
封她为巫山云雨之神

朝为云，暮为雨
一切云雨，源自福音

云是棉的温度
雨是丝的微凉
牵动每个人的内心

十只、一百只、一千只船过
瞿塘峡、巫峡、西陵峡
几百只神鸦飞旋峡谷
看护来往船只
佑护这一方水土
袖中乾坤，神鸦飞进飞出
神女站立高崖，长袖挥舞

她的云经过儿时小村落
忍不住良久停留
对年迈的父母遥遥注目
对已婚心上人默默祝福
她的雨看得见土地开裂，痛苦的表情
她用甘霖滋润，一滴滴、一阵阵
她从小就慈爱一切痛苦的表情
云飘无痕
雨过天晴
还有谁记得她
而她所记得的一切
是永恒

助禹：劈山理水

大禹率领山民们站在巨石上
一幅伟大的治水图腾
宇宙漆黑如渊，冲腾液体的风暴
闪电划亮黑洞
用光的声音咆哮

一次次穿凿巨岩
一次次修渠泄洪
失败告终。一丝绝望
悬在大禹的目光

当灰色的蛤蟆精在巫山上空
扯开声带，爆裂粗鲁和混浊的
狂笑，人们才顿悟治水受阻的缘由
　　“你是大禹吧，滚远点
　　这里是我的地盘
　　我的地盘你也敢动？
　　叫你尝尝厉害，我的法术通天！”
蛤蟆精手掌一推
大禹一个踉跄，翻落在地

远远地，飘来一位女子
沉鱼落雁，素衣装束，纯朴如邻家女
仪态雍容，体轻若燕，异香幽逸
岂是红尘中人？

笑吟吟，朝大禹深深鞠躬
献上一部治水防洪天书
她两手合十，念念有声
顷刻，蛤蟆精的咒语纷纷而下
一地破蛛网。蛤蟆精打回原形
扑通一声，跌落水中。旋即
女子又遣来众侍臣
司管十二座大小峰峦的侍女们
只听轰然一声
一条峡道如绿色飘带
蜿蜒在劈开的巫山间
云中似闻仙乐，缕缕不绝，鼓瑟吹笙
洪暴如驯服的猛兽趴下
在人群的欢呼声中
经巫峡、穿巴蜀，浩浩荡荡
涌入大江

阳光快从心口溢出
整个人就是一支幸福的歌
大禹转身道谢
哪里还有助他治水的女子?
心头怅然若失

她站在云雾之中，声音芬芳
　　“妾身巫山瑶姬
　　仰慕大人治水
　　功德无量

背井离乡
三过家门而不入
不谋私利，不计回报
行气如虹
吞吐大荒

与君相遇相别皆是缘分
我用一生的信仰助你绵薄之力
仰望英雄
巍巍巫山
无言而感动
祝愿百姓富庶天下太平
祝愿大人治水大业功成！”

大禹含泪，朝天揖
“神女悲悯人间疾苦
为泄洪不惜劈开自身山峰
巾帼海威
须眉羞愧
吾代天下黎民
向神女致谢
请受大禹一拜！”

一朵雪白的云从天边逸来
依依大禹，绕身三匝
飘然而逝

附诗：

相传楚襄王梦遇巫山神女
同游高唐，神女
自荐枕席……
这原是楚王一厢情愿的痴梦
无聊文人不负责任的溜须拍马

总有人有意无意
想遮蔽、湮没高尚品格与才华
妒忌，抑或仇视
然而，美和坚贞
永远站得比岁月辽远
比世界巍峨
比史诗浩荡
有诗为证：
　　曾经沧海难为水
　　除却巫山不是云

巫山瑶姬的故事
地久天长

伯鲧悲歌（长诗）

雪旅

伯鲧受命

一

鲧，黄帝之孙，年轻勇猛，英气逼人
有着磅礴山河的气魄
此刻，他刚被封为河伯（河神）
顷接帝尧命令：即刻出发，平治水患

二

伯鲧是上古时期罕见的思想者
他不能理解神为什么又一次制造大洪水
他不能不怀疑自己工作的意义
神如此酷厉惩罚人类
是否过于粗暴？
二次洪水，难道就不会重新滋生罪恶？
到那时，神意图再来一次大毁灭？

三

父亲骆明对伯鲧说，与神谈论仁慈和粗暴是荒谬
与神提问、辩解是无稽的
你现在是河伯，半神
你只能听从神的指令

你已从凡人那里领受了祭祀
你只有听从人们的召唤
伯鲧说，父亲，我暂不去想那么多了
有什么比战胜洪水更来得重要?
鲧出发了
一头潜入滂沱大雨

难堵恶水

鲧化为一头长角的黄色巨兽
吸干一块又一块土地上的洪水，推倒几座大山
堵水、堵水、堵水、堵水 堵水
瞬间形成盆地、溪流与湖泊
人们又重新回来耕作
伯鲧对自己的成果很满意
开始舒展疲惫的躯体
只一瞬，未及合眼打盹
只听天边砰砰之声轰然而来
那是暴涨的海水铺天盖地
伯鲧猛然醒悟
是自己将吸入的洪水喷向云层
再由云神将水交付大海
坚冰融化，大海疯涨
更多的水漫向陆地
而他，一个小小的河神

如何抵挡大海的疯狂？
水瞬间淹没已被治理好的土地
热泪奔涌，天地间回荡伯鲧的绝望
天帝，天帝，你是存心要亡我伯鲧啊！

窃取息壤

一

东海之滨，鲧站成一柱石雕
他的悲泣惊动了一只猫头鹰
“宇宙间最智慧的鸟儿
你说我该怎么办？”
与其是问鸟，不如说是自语
鲧压根儿不信猫头鹰能告诉他什么
然而，猫头鹰开口了：在昆仑之丘
有息壤，克水之神物
状抔土，遇水则长，永不耗减

二

鲧火速探访昆仑之丘
请示帝尧，欲求息壤治水
帝尧一口回绝
你说帝尧对众神真所谓一视同仁？
其实他向来就不喜欢鲧
“独断独往，刚愎自用
倚仗黄帝之孙，把我都目空掉了

没本事治水，还想借治水索要宝物”
此乃帝尧的内心独白，高深莫测

三

希望而来，绝望而去
伯鲧垂头丧气，面对洪水
万物奄奄，怎么办？怎么办？
息壤、息壤、息壤
心急火燎，冷静点，再想想
息壤、息壤、息壤
哪怕见一见也好
就只闻一闻也好
夜深时他潜入宫中

四

在一宝奁内鲧见到了息壤，传自女娲时代的神物
他开始犹豫了，他
堂堂正正的河神，黄帝之孙
岂能沦为窃贼？他
原本可以放弃治水，让帝尧另派能人
他握着息壤，放下又拿起
他想起乡亲们被洪水吞没时的悲呼
他想起接旨时的信誓旦旦
即便是窃贼，也是为天下人之窃贼
他一咬牙，终于捧起息壤
消失在夜色茫茫之中

息壤之祸

内心的狂喜辽阔成飞翔的白云
伯鲧瞪大了眼睛注视着
息壤顶替自己在辛勤劳作
这枚小小的泥团所到之处
洪水节节败退
要不了多久，治水大业便告竣
紧绷心头的那根治水弦，松弛下来
他站着睡着了

“伯鲧，可怜的伯鲧，快醒醒
看你惹下的大祸
土地旱成一片，水族全死了
大海即将填平，都怪我
光知道息壤能堵水
不曾想它的破坏力，伯鲧。”
迷糊中伯鲧睁开布满血丝的眼睛
发现那只指点迷津的猫头鹰
停在自己的肩头
伯鲧头一回看到猫头鹰是会流泪的
周遭鱼虾的尸体
土地干涸，裂帛之声
刚才还在眼前的大海，何时退尽天际
息壤回来！息壤回来！息壤回来！
大地震响伯鲧的哀嚎

伯鲧之死

大神祝融奉帝尧之命赶到
“年轻的河伯，你私自盗取息壤
在人间制造新的灾祸，罪在不赦
你虽贵为黄帝后裔
但律令难撼。”
鲧不惧死，犹遗憾未竟治水大业
天下人因了他铸成大祸而受难
他的心头疼痛不已
“唯有以有罪之神的血做祭祀
息壤方能收回。”祝融如此说
“行刑吧，祝神。”鲧平静地说
“年轻的河神，你还有何话要讲？”
“我一直想知道，假如
最高的神不想再度毁灭人类
他为何再一次降洪？又
明知半神能力不可为，为何
为何偏安排我去承担？”
祝融感到再说下去自己会手软
“这问题，超出了我的能力
我无法答复你
我会将你的遗言带回人间
愿你的灵魂一路走好、走好。”
“息壤！息壤！我以血祭汝！”
伯鲧大喊一声轰然倒下

羽山之郊陡增一层死亡的威武
鲜血喷涌的瞬间
息壤猛地收步，像猛虎归笼
安睡在帝尧的宫中

精魂西游

鲧的精魂化作一头黄熊西行
背负着巨大的疑问与愧疚
他要去寻找祖父黄帝问个究竟
过万重山
蹚千条河
见到各路神人
这是常羊之山，刑天埋首之处
相传刑天与黄帝争神位，断首于此
刑天四处寻找首级，未果
乃以乳为眼，肚脐为口
一手拿盾，一手持斧，继续战斗
天帝都为之动容
封刑天为战神
鲧对着常羊山深深一拜
内心钦慕英雄，败而不馁真英雄
鲧之精魂继续西行
大夫国、女子国、西陵国，历百余国
终抵达沃之野

沃野主人西王母设宴
鸾凤歌舞，百兽相聚，仙桃瓜果
美酒飘香，极尽地主之谊
“因何来此地？”
“我只是路过，前往轩辕之地
祖父黄帝那里求个答案
关于神和我自己。”
“孩子，神从来不关心任何答案
他是你唯一的祖父
你却不是他唯一的孙子
他有多少孙子，自己都弄不明白。”
西王母揶揄一笑
“那我该怎么办？”
“留在此地，快活逍遥
再怎么怨愤难平的人
都会被沃野乐园开悟成快乐人
他们如今个个光彩照人。”
“可我做不到。”鲧失声痛哭
“我觉得自己的一生太荒谬
一个永被人耻笑的话题
你让我背负着荒谬和耻辱的重量
在您的国土上整日傻笑？
我做不到，绝不。”
“我的孩子，我欣赏你决绝的品质
我当助你去见你祖父
请代我向他问好，如见不着

你就去灵山，那边有十大巫者
会帮助你，可怜的孩子”
旋即，西王母派青鸟引路
临行切切叮嘱
鲧挥泪拜谢，西行而去

穷山绝路

青鸟将鲧的精魂引领到一座山下
“鲧，我的使命已完成，就此告辞
此山名穷山，翻过它
就是你祖父黄帝的轩辕之丘
就看你的造化呢，鲧，我走了
珍摄。珍摄。珍摄。”
就这么座山？不高不陡
就像穷人一样平淡无奇
不消半个时辰就能翻越，见祖父，得以明示
希望赐予他双脚虎虎生风
绝望却又一次伴上他
山仿佛永远在增高
无论你怎样努力
就是抵达不了山顶
鲧开始狂奔
从白昼到黑夜
从黑夜到白昼

已接近山顶，定神一看
疲惫的双脚依旧定格在半山腰
伯鲧此时想起了夸父逐日
一团裹着乌云的预感
撞击他的胸膛，使他瞬间开悟
祖父根本不想见他
自己只是个失败者
又一次迷失
一旦迷失在神的旨意
就只能像痴傻那样
打捞闪亮在水里的太阳
寻找被皮肤吸收了的月光

问道灵山

一

伯鲧，人类思想的先驱者
对他来讲比死亡更痛苦的是思想的痛苦
疑问始终盘纠着他的一生
也是疑问使精魂顽强，永不消散
在穷山，他悟出无穷
在灵山，他将悟出治水的来龙去脉
进而，由死悟出生
这是伯鲧精魂问道灵山的意义

二

一日，他来到西王母指点的灵山
见到一个飘逸的纵队——灵山十巫
十巫之长巫咸（右手持青龙，左手持赤龙）
早已算准伯鲧会来，率九巫齐来相迎
“年轻的河神，你独自治水
推山搬石，填水拦洪，历尽艰险
为世人冒险窃取息壤
终以生命供祭无罪之罪
愤懑冤疚，无从开释
英魂飘至灵山
你既到来，必有所获
灵山十巫将竭尽全力助你不虚此行。”

三

“出入天地的大师，请告诉我
我的所有问题是同一个问题
我的最初问题是最后的问题
神为惩罚日渐败坏的人类
降下第二次大洪水，倘若
神意图毁灭人类，最终也毁灭我
又令我治水，我的工作
有何意义？”

四

“任何一个问题都蕴含着答案
你又何以确信神的目的是毁灭？

若要毁灭，何必要一个半神去治水？
若要毁灭，人们躲避洪水，有用吗？
神造人的初衷是美好的世界
神能造人，却无法造灵魂与人性
尤其是后天环境，使一部分人
变得贪婪、残忍、欲海无边。”
“所以，神命令我治水
并非只是要我治水？”
“是的，孩子，神有可能，希望通过你，让世人
理解他们自身的命运
从而自我更新，当然——
这仅仅是我的推理。”
“懂了，大师，洪水卷走了罪恶
也卷走了无辜，我，一个渺小的生命
在神的旨意里又算得什么？
我没能治好水患
又将新的旱灾带给人间
罪不可赦，遗憾的是治水大业未竟
生命已经结束。”

精魂为禹

“生命从来不会结束
尤其是品质优秀的人
那消散了的又会重新聚拢

化成新的生命。”
（巫咸递给伯鲧一株紫色穗草）
“孩子，这就是传说中的薏苡
服下它，回到你羽山之郊的躯体中
你所有未完成的
将有新的生命来替你完成。”
鲧之精魂悲喜交集
他明白了自己肩负的重大使命
恋恋不舍告别了智慧的巫咸大师
飞向羽山，遁入自己的躯体
他的意念凝注着神圣的渴望
孕育一个勇于担当，英明睿智的新生命
从他的血泊中诞生
完成治水大业的新生命

大禹治水（长诗）

（帝尧派天神去羽山，用吴刀剖开鲧已石化的腹部，从中迸出一条虬龙）

大禹出世　从神到人

丧父的疼痛如何言说?
巫咸抚摸垂泪的神龙
“就叫你禹吧，英明之意
承继父业，你的使命是治水
鲧之失败，单枪匹马，人之外治水
你应治水治人，进入人的内部。
神是不让人看见的
你父亲只能避开人，独自治水，岂能不败?
你只能从神到人
从神到人，去往人间。”
“为了父亲，为了治水，我愿意。”
“那必须削骨剔肉，拔掉你生上的鳞
你将忍受难以忍受的疼痛。”
“大师，请吧，任何疼痛
都比不上我父亲伯鲧的疼痛。”
惊天地，泣鬼神
以狱火燃身的长啸
以雪崩压顶的呐喊

禹完成了脱胎换骨，从神到人
从神到人，禹突然觉得自己
一出生已完成了一生

禹临人间

这就是父亲为之献身的人间了
何谓人间？
禹顷刻想起了巫咸的话
人间是一个混合体——
善与恶、美与丑、真与假
沉默与噪音，洁净与乱象
而此时禹尽所见
纵欲、乱伦、掠夺、欺凌、虐杀、荒谬
难怪神要降临二次大洪水
禹默默地想

禹来到人群中
人们正在讲述
一头巨兽啜饮洪水的故事
禹知道这正是父亲鲧的化身

想他一个人独自面对洪水、治水
何等艰辛、寂寞、惊慌、无助
哀哀吾父，劬劬伯鲧，窃取息壤，败而杀身

至诚精魂，犹系治水
为世人所不知
当人们发现一张陌生而俊朗的脸
禹早已泪流满面

蓦地，一团黑云袭来，呼啸着
降下一匹长着九个人头的蛇怪
所到之处，人尽沦为其腹物
禹的内心霎时升起悲悯
他挺身而上，与蛇怪搏斗
蛇怪大笑其不自量力，禹一剑闪亮
蛇怪显然猝不及防
剑光处，九个头颅齐刷刷落地
一种暗藏于刀鞘，不露声色的锋利和力量
众生欢呼
将禹举过头顶
当作他们崇拜的神

开山道，泄暴洪

浊浪滚滚吞淹日月直捣天尽头
万物奄奄雨挟雷电洪荒何时休
人如蚁群，簇涌山顶，哪有山路可行
山那边是什么？
必须把路筑到山顶，随山开道

必须凝聚天下部落，疏道泄洪
大禹一声令下
开山的队伍呼啦啦
霎时间风驰电掣
望着眼前这群饥饿贫困朝不保夕的野蛮人
禹的心中涌起爱与感动
坚定的眼神荡漾起天鹅绒的软绵

青箬笠，绿蓑衣，肩扛大铁铲
开山歌，震天响
治水谣，动地晃
每一朵音符都长着抗争的面孔
好一副天工开物的先民鸿图

男人开道、捕猎
女人生火做饭
长夜里男男女女围坐篝火
话题都是开山治水
夜，终于把睡眠染得黑甜、黑甜
只有远处的小棚屋微亮着灯光
大禹独自在灯下绘制河图
上天赋予他治水的使命
从那天起
他的身躯便装满了山河大地
装满了艰辛，灭了绝望，闪耀希望

三过家门未入，雁书传情

大禹治水，三过家门未入的故事
四处传扬，一心为公，坦荡无私
夸赞声不绝于耳，禹却如此说
“非也，草木皆有情，人独无乎?
三过家门均适逢治水，工程告急
无暇他顾，直奔工地也，能不思家人？”
工地上，禹曾三封家书托人转交
书信中不乏调侃
“传雁书，明心迹，远胜耳鬓厮磨
吾妻风姿绰约令人醉，更敬汝善解人意。”
涂山氏阅罢托报信者传书
“夫君真豪杰，天下人敬仰
治水大业未竟
何恋一时之卿我？”
又言，“已生一子，候人兮猗。”

至此，治水十余载
禹率先民开辟的山道
从西羌之地岍山起步，自渭水北向东到岐山
再到荆山、龙门山（阻断黄河的大山）
雷首山、山西太岳山脉
又经底柱山、析城山、王屋山、恒山、燕山
直至渤海之滨碣石山

打通了一条从陆地深处到大海的道路
他开辟的每一梯山道都通向人的内心
他疏通的每一条河都成了大海的儿女
引水入海——永恒的干渴之杯

治水尾声，神女相助

如同黄河有源头
禹也要给和他一起冒险治水的民众
一个源头，建立一个国族
永远诞生希望，使民安居乐业
称之为“夏”（取其字形劳作的人）音“下”意味
这国族
天上之国在下土的投影
夏族，勤劳、美好、智慧的民族

治水已临尾声
这是最浩大、艰巨的工程
禹正准备凿开三峡，俄顷
狂风猛撼山崖，乱石飞迸
水中潜藏的水怪频频阻拦作乱，禹思忖
此妖孽实非凡人所能制服
正愁时，巫山神女瑶姬闻讯前来相助
为了疏水，她甚至不惜劈开
自身的山峰

如同遥望一轮明月
大禹对仙姿摇曳的瑶姬心藏感恩
洪水浩荡入江
瑶姬站立云朵，含笑隐逝

三苗作乱，战争平息

任何一场旷日持久的战争
经过历史，皆成过客
唯有战争的惨烈、悲伤永恒成一支乐曲
时时被后人奏响
“治水大业刚完成，便有三苗部落作乱
我率民众共伐之，以铁血的力量平定
这是我发动的第一场战争
发生在一群人与另一群人之间
彼此残杀，即便是秉持天意
也难以忍受，获胜又若何？
要知道使我迅速衰老的
不是艰辛的治水，是战争
是鲜血换来的大胜。”
这场战争结束后，禹仰俯天地
对人们如此说
禹说此话时已是白发苍苍泪满眶

茫茫禹迹，画为九州

舜逊位予大禹，禹固辞，舜说
“汝治水之功，巍然乎昆仑！
汝之大德，人心所归，如川流奔海
汝唯不矜天下莫与汝争能
汝唯不伐天下莫与汝争功。
至此，禹登帝位，国号夏，都阳城
制《夏历》，定《法典》
禹在营中帐外悬钟、鼓、磬、铎、置鞀
以得四方之士，告示天下
“有教我以道者击鼓
谕我以义者击钟
告我以事者振铎
语我以忧者击磬
有狱讼者摇鞀”
如同辞典收拢所有的文字
各族融合
四方诸侯献青铜
铸九鼎，划九州，民安居乐业，天下大定
有家才有国，有国才有家
至此，民族国家初现
上古神话远去，文明渐成大观
华夏的轩昂，在开天辟地的创世神话中
铸就伟大史诗

禹王歌

浊浪滚滚吞淹日月直捣天尽头
万物奄奄雨挟雷电洪荒何时休
生于水患大禹出世从神到人
哀哀吾父劬劬伯鲧治水献身
继承父业赤子情怀魂连鸿蒙
蛮世乱伦抢夺欺凌眼含忧愤
担当重任治水治人壮志凌云
凝聚部族万众抗争爱吾生民

披蓑衣扛铁铲三过家门未入
传雁书明心迹远胜厮磨耳鬓
劈危岩通山路山势崚嶒断飞鸿
凿水道疏沟洫以身涉险泄洪峰
治水歌震天响男儿筑梦伟天工
绘河图呕心肝星星点灯篝火熊
翻岐山攀龙门动天号令撼群峰
迎黄河送长江引水入海兴农耕

治水十余载啊白发苍苍泪沾襟
夏国号都阳城四方诸侯献青铜
铸九鼎划九州维禹之功大一统

汝唯不矜天下莫与汝争能
汝唯不伐天下莫与汝争功
展笑颜富庶民安居乐业天下大定
展笑颜富庶民千古绝唱天下大定

图书在版编目（CIP）数据

雪旅 / 张烨著 . -- 天津：百花文艺出版社，2021.3
（中国好诗 . 第六季）
ISBN 978-7-5306-8017-9

Ⅰ . ①雪… Ⅱ . ①张… Ⅲ . ①诗集－中国－当代
Ⅳ . ①I227

中国版本图书馆 CIP 数据核字(2020)第 273157 号

雪旅
XUELÜ
张　烨　著

出 版 人：薛印胜
特约策划：彭明榜
选题策划：刘　勇　责任编辑：张　雪
装帧设计：孙　初　申　祺
出版发行：百花文艺出版社
地址：天津市和平区西康路 35 号　邮编：300051
电话传真：+86-22-23332651（发行部）
+86-22-23332656（总编室）
+86-22-23332478（邮购部）
网址：http://www.baihuawenyi.com
印刷：北京精彩世纪印刷科技有限公司
开本：889×1194 毫米　1/32
字数：91 千字
印张：6.5
版次：2021 年 3 月第 1 版
印次：2021 年 3 月第 1 次印刷
定价：50.00 元

如有印装质量问题，请与北京精彩世纪印刷科技有限公司联系调换
地址：北京市海淀区学院路 5 号 768 创意园 D 座 06 号
电话：(010)82423131　邮编：100082